Filho de rio

Fernando Augusto Viegas

Editora InVerso

R. Doutor Goulin, 1523 Alto da Glória
CEP 80040-280 Curitiba-PR
(41) 3254-1616 e (41) 3558-8001
editorainverso@editorainverso.com.br
www.editorainverso.com.br
Facebook.com/editorainverso
Instagram @editorainverso

COORDENAÇÃO EDITORIAL / EDITORA
Cristina Jones

REVISÃO
Vanessa Correia

CAPA, PROJETO GRÁFICO E DIREÇÃO DE ARTE
Adriane Baldini

DADOS INTERNACIONAIS DE CATALOGAÇÃO NA PUBLICAÇÃO (CIP)
MONA YOUSSEF HAMMOUD – CRB/9ª.1393

V656f

VIEGAS, Fernando Augusto. **Filho de rio.**
Curitiba: InVerso Editora, 2024
152 p. 15 x 21 cm PTBR
ISBN 978-85-5540-365-1

1. Contos e crônicas. 2. Fluxo de pensamento. 3. Contos.
4. Diálogos. 5. Cotidiano. 6. Relações parentais. I. Título

CDD: 969.31

CONTOS E CRÔNICAS: 969.31
FLUXO DE PENSAMENTO: 307.11

Para Fernando Viegas Marinho, que nunca desistiu de me ensinar a ser rio.

Para Daniela, Arthur e Guilherme, que sempre transformam minhas corredeiras em remansos.

Para os fecundos e generosos cursos d'água que fazem parte da grande bacia hidrográfica chamada *Minha Vida*.

Agradecimentos

Aos meus pais e irmãos, grandes responsáveis pela formação do meu conceito de família. Saibam que a bênção de ter crescido com vocês ao meu lado será sempre a maior das minhas responsabilidades.

À Daniela, meu farol, minha estrela guia, meu porto seguro, meu ideal de mulher, de mãe, de amor, de amante, minha maior motivação para seguir caminhando. Você estava ao meu lado quando boa parte das histórias narradas neste livro aconteceu. Que juntos possamos escrever inúmeras outras páginas.

Aos meus filhos Arthur e Guilherme, que me ensinam bem mais do que sou capaz de aprender. Escrevo para tentar mensurar o que sinto por vocês. Lembrem-se: a capacidade de se expressar está no DNA (por parte de avô, de pai, de mãe). Escrevam, falem, vivam. Vocês têm muito a dizer.

Aos meus muitos amigos, grande família que escolhi ao longo da estrada. São tantos e tão queridos que não me arriscaria a nomeá-los. Sou grato às minhas cunhadas, aos meus sobrinhos, primos e afilhados, aos meus irmãos e irmãs do Upa, da Civil+2, dos Danettes, da Algarve, da Oficina Literária, do Altavista, dos encontros e desencontros da vida. A amizade de vocês é um presente.

Aos amigos do Facebook, primeiros leitores sem vínculos, que me ajudaram a lidar com a crítica e o elogio, a me colocar no lugar do outro, a argumentar e aquiescer, a ter um olhar diferenciado diante das minhas próprias verdades.

Aos meus irmãos Paulo Diniz e Roberta Ramos, leitores beta (e alfa e gama) deste livro. Jamais serei capaz de lhes agradecer pelo incentivo, pela disponibilidade, pela generosidade, pela gentileza. Quero um dia ser capaz de escrever como vocês.

À minha madrinha e grande escritora Fernanda Morishita, que tomou para si o meu sonho em forma de livro. Seu coração é do tamanho do mundo. Obrigado pelo estímulo e pelo sorriso. Sou seu fã.

À minha editora Cristina Jones, que abraçou com entusiasmo a ideia de uma obra tão diversa. Obrigado por me permitir acreditar.

Aos meus mestres Carlos Eduardo Novaes, André Gabeh e Ronaldo Wrobel, com quem tanto aprendi, e que tanta experiência e confiança me transmitiram. A minha admiração por vocês – que já era imensa – aumenta a cada dia.

Ao mestre maior, Eduardo Affonso. Obrigado pelo olhar atento, pela análise minuciosa, pelas críticas quase lisonjeiras, pelos elogios contidos, pelos abraços apertados. Obrigado pela sua genialidade e seu bom senso. Obrigado por ter mudado a minha vida. Você é o responsável por uma grande corrente do bem que se formou. É uma honra fazer parte dela.

Prefácio

Tudo é rio

"Onde eu nasci passa um rio", diz a canção de Caetano Veloso. "Foi um rio que passou em minha vida", cantou Paulinho da Viola. Fosse Fernando Viegas o autor, o verso poderia ser "Por onde passei, fui um rio" – recebendo a dádiva de outros rios, me ofertando aos rios ainda por vir. Um caudal que flui de uma geração a outra, de um olho d'água ("Eu era um simples olho d'água.... nada mais.") que se faz caminho para o mar, e na imensidão salgada se dá conta de que ali não está o fim da jornada, mas o recomeço. Sugado pelo sol, transformado em nuvem, em chuva sobre a montanha, se redescobre vivo em novo olho d'água – e recomeça "a deslizar sobre a mesma terra, reconhecer barrancas, criar novas curvas, abraçar outros cascalhos, cantar outras canções de correr ou ouvir o silêncio profundo dos remansos".

Não, esta citação não será encontrada mais adiante, nas páginas ainda por virar, mas no livro em cujo leito este livro se formou. O que você tem nas mãos é uma longa carta fluvial, de Fernando para Fernando, de filho – e fã – para pai. E que, invertendo a ordem natural dos rios, parece correr para a fonte, não rumo à foz. Nem que seja para descobrir que o rio é só um dos muitos nomes de um ciclo sem fim.

As páginas que se seguem navegam por tantas águas – de lágrimas, poças, piscinas, lagos. De remansos e riachos. Falam da música e da morte, da liturgia das cachoeiras ("A água com sal relaxa, mas só as quedas de água doce consagram"). Fluem com a leveza e o espanto de quem, de repente, se percebe um rio diante de sua terceira margem.

Aqui confluem águas e diálogos – uma técnica que Fernando Viegas refinou. Humor e emoção – duas ferramentas que domina. Lirismo e coloquialidade – o fermento e o sal para o pão da crônica. O parágrafo extenso, reflexivo, e a frase incisiva:

"Quem quiser saber como é a vida, basta vir a Minas e olhar para o horizonte".

"Abraço é um aperto de mão que perdeu a vergonha".

Este "Filho de rio" é isso: um horizonte, um abraço. Um convite a se deixar levar pelo riso, a se deixar lavar das saudades. É aquela curva do caminho onde o rio de Fernando Viegas deságua no mar de Fernando Marinho.

Eduardo Affonso

Rio de Janeiro, janeiro de 2024

Sumário

Templos e ofertórios 12
Carta ao mar 14
Ensaio sobre a morte 16
Quando ele também foi embora 18
Esperança 22
O silêncio de uma campainha 24
Uma poesia para ele 26
Reflexos 30
O lago 34
Filho de rio 38
Confluência 40
Então, eu também era pai... 42
Hora de voar 44
Papai está aqui 48
Desembarque 50
Quimera 52
Toada 54
Meu Pelé 56
Biometria 60
Romaria 62
Estopim 64
Alento 66
Alfarrábio 68
Reminiscências e revelações 72

Sentidos 74
No baú de ferramentas literárias 76
Conversa de crônica 78
Papo recorrente 82
Centelha 86
Vejo o futuro repetir o passado 90
Vagas natalinas 94
Revelação traumática 98
E o vento levou o politicamente correto 100
Exorcismo 104
O papel de cada um 108
De mãos dadas 112
Que praga 116
Despertar amargo 120
Operação Lacoste 124
Um país elitizado 128
Via Sacra 132
Preferências 136
Crivo 138
Gerúndios 140
Essência 144
Entre laços 146
Passos no tempo 148

Templos e ofertórios

Muitos dão importância apenas ao autor, ao assunto, ao conteúdo. Outros tantos consideram tato e olfato tão importantes quanto a visão. Estou entre os que acreditam que o livro é o templo onde as palavras se reúnem para contar sua história. Ela pode ser divulgada em qualquer lugar, mas apenas o livro é capaz de consagrá-la.

Assim como os templos, há os livros simples e rebuscados, leves e densos, despretensiosos e sofisticados. O que importa é a cerimônia. O que importa é estar sempre atento aos afrescos que adornam as paredes, abrir as portinholas que dão acesso a pequenos cômodos e pátios, ouvir o silêncio que ecoa pela nave. O que importa é sentir a textura das capas e lombadas, encontrar o elo entre gravuras e sentenças, desvendar os segredos por detrás das dedicatórias.

"Ao verme que primeiro roeu as frias carnes do meu cadáver dedico como saudosa lembrança estas memórias póstumas."

A dedicatória de Brás Cubas talvez tenha sido a primeira a me chamar a atenção. Àquela altura, o autodeclarado defunto ainda não havia se unido a Capitu e Helena no hall de meus personagens inesquecíveis de Machado de Assis. Descobri, logo em seguida, que muitos de meus autores favoritos haviam usado as dedicatórias de seus livros para prestar as mais diversas homenagens. Victor Hugo ofertou um de seus romances ao povo da pequena ilha de Guernsey, onde se exilara. Guimarães Rosa, por sua vez, homenageou sua companheira Aracy em *Grande Sertão: Veredas. Cem Anos de Solidão* foi oferecido a um casal de amigos de Gabriel García Márquez. E Saramago dedicou à sua esposa quase a totalidade de suas obras. Pilar eternizou-se como a casa, a que tardou a chegar, a que não permitiu que ele morresse, a que está presente todos os dias. Em cada uma dessas homenagens há uma história pedindo para ser contada.

Meu fascínio pelas dedicatórias, entretanto, somente alcançou seu ápice muito tempo depois, quando entendi a importância de ser reconhecido por alguém que faz dos livros seus templos. A compreensão veio quando me tornei protagonista de duas delas. A primeira, de pai para filho:

"A quatro bênçãos, frutos de um amor sublime, que ao tempo de iniciarem sua formação como homens já sabiam ensinar e construir — Fernando, Sílvio, Flávio e Cris."

A segunda, de filho para pai:

"Às pessoas que me guiaram e me amaram apesar de minhas imperfeições, e fazem da minha vida, para sempre, a melhor — Mamãe, Papai e Gui."

Por falar em templo, eis o meu altar.

Carta ao mar

Carta ao mar

Belo Horizonte, 19 de janeiro de 2024

Fernando,

Há quanto tempo não lhe escrevo. Há quanto tempo não lhe encaminho meus textos, ansioso por saber se as reações viriam em forma de palavras, sorrisos ou lágrimas. Há quanto tempo não compartilho com você minhas aflições, minhas alegrias, meus medos.

Tenho escrito muito, Fernando. Bem mais do que a última vez em que nos vimos. Como não poderia deixar de ser, você e seu Caminho para o mar… são temas recorrentes. Mesmo depois de tantos anos, seu livro segue inspirando muita gente. Meu filho Arthur, por exemplo — lembra-se dele? —, tem um exemplar na mesa de cabeceira. Quando se sente sozinho, ele o abre aleatoriamente e lê o que você escreveu ali. É como se estivesse lhe perguntando o que deveria ouvir naquele momento. E você sempre responde.

Quero ser capaz de escrever como você, Fernando. Quero que minhas palavras perdurem e possam tocar corações indefinidamente, como se fosse eu a ditá-las a cada leitura. Quero saber traduzir o que existe de essencial no tilintar das taças, no entrelaçamento das mãos, no rumor incômodo do silêncio. Quero encontrar palavras que possam descrever o seu olhar. Leio e releio sua obra em busca de conhecimento. Hei de aprender — um dia — a dar mais valor ao espírito da floresta, ao calor do sol, ao cheiro da terra e, principalmente, à paz que se respira na plenitude. Hei de descobrir formas de contornar obstáculos ao invés de confrontá-los. Hei de me tornar rio, Fernando.

Você tem ideia do quanto suas palavras marcaram minha vida? De como ainda me guiam? Sua obra permanece. Posso lhe pedir que continue escrevendo? O mundo necessita tanto de sabedoria, de bom senso, de serenidade. Esquece, bobagem minha, essa é uma tarefa que não mais lhe cabe. É que os dias passam, e percebo que sei cada vez menos. É assim mesmo, Fernando? Ou ando fazendo tudo errado? É assim mesmo, pai?

Foi bom falar com você, Fernando. Ainda tenho tanto a lhe dizer, mas deixo para as páginas seguintes. Sim, eu finalmente escrevi um livro de crônicas, e muitas delas foram inspiradas em você. A próxima, por exemplo, foi concebida logo depois que a Nilda foi embora. Desculpe, não tive coragem de lhe mostrar na época. Por falar na Nilda, diga-lhe que, nesses mais de nove anos, ninguém conseguiu fazer uma feijoada tão saborosa. Aposto que ela ficará feliz ao saber disso.

Até qualquer dia, Fernando. Espero que minhas palavras o alcancem e o abracem. Um grande e carinhoso beijo do seu xará.

P.S. Acho que você já sabe, mas jamais deixarei de ser seu fã.

Ensaio sobre a morte

Ensaio sobre a morte

Desde que me entendo por gente, busco compreender minha própria existência. Às vezes essa busca ocorre de uma forma mais ativa, quando de propósito ocupo minha mente com perguntas que não sei responder. Em outras, meu sono se perde em meio a tantas respostas para as quais não fiz qualquer questionamento. Seja qual for o momento em que me encontre, cada vez mais percebo quão longe estou de qualquer conclusão que me satisfaça. Talvez porque não exista uma única resposta para o que se procura. Talvez porque o que de fato conta seja a busca em si, e não seu capítulo derradeiro. Talvez porque a compreensão da vida só seja possível depois de conhecer a morte.

E não é que de uma hora para outra a morte passa a ser companhia frequente? Logo eu que sempre a tratei com cerimônia, jamais lhe dando espaço para intimidades. Durante muitos anos, meus contatos realmente próximos vieram por meio da minha avó materna e de um garoto lindo que me chamava de Nando. Sua face, entretanto, não me assustou. Apesar de terem deixado os meus em lágrimas, seus olhos escuros não conseguiram esconder o amor que havia por trás daquelas tarefas tão difíceis de serem interpretadas.

Desde então, passei a repetir para mim mesmo — numa tentativa de postergar o inevitável — que novas interações estariam longe de acontecer. Pura bobagem, afinal, longe ou perto é só uma questão de ponto de vista. Para mim, por maior que tenha sido o intervalo, foi rápido como o dia que se segue a cada noite. Então, num vislumbre, vi que seu olhar continuava o mesmo: incapaz de esconder o amor, e tão eficaz em inundar o meu. Ela atendia a dois chamados fortuitos, fora de hora, feitos por olhos que pareciam distantes do ocaso. Os castanhos, pequeninos, aquiesceram. Os azuis-turquesa, bem maiores, deixaram o semblante dela ainda mais sombrio. Uma vez mais, o tempo não significava nada. Uma vez mais, repeti tolamente que não tornaria a vê-la tão cedo.

Acho que só para me contradizer, até por pirraça, veio — logo em seguida — o encontro para o qual eu deveria ter me preparado. Atordoado, prometi a mim mesmo que — agora — não daria qualquer atenção a ela. Não queria perceber o afeto que sabia existir ali. Não admitia nada que pudesse justificá-la, humanizá-la, resgatá-la do meu pré-conceito de tirana impondo sua força. Mas ao me despedir daquela que me acalentava quando muitas das minhas perguntas me tiravam o sono, não consegui evitar seu olhar. Seus olhos escuros me transmitiram um amor tão grande, que nem minhas próprias lágrimas puderam deturpar. Eu estava rendido. Ainda estou…

Hoje tenho plena consciência de que novos encontros estão a caminho. É provável que o próximo seja o mais doloroso de todos até agora. Sei bem o quanto ela anseia pelo olhar límpido que irá recebê-la. E eu, do alto da minha completa impotência e conformidade, peço humildemente à Vida que postergue ao máximo esse momento, pois ainda existem aqui muitos olhares, hoje opacos, dependentes do olhar límpido para voltarem a brilhar, antes de estarem prontos para encarar aqueles olhos escuros, repletos de amor, vistos inevitavelmente através de mais uma cortina de lágrimas.

Quando ele também foi embora

Quando ele também foi embora

São três da manhã do dia 20 de janeiro de 2015. Preparo-me para — dentro de poucas horas — velar o corpo do ser humano mais iluminado que já conheci. Uma pessoa bondosa a ponto de conseguir transmitir, com um mero sorriso, toda a grandeza da sua alma. Quando ele sorria as pessoas retribuíam naturalmente, sem se darem conta de que aquele simples ato havia marcado para sempre suas vidas. E ele sorria para todos da mesma forma, com o mesmo carinho, com a mesma espontaneidade. Nunca fez distinção alguma de classe, posição social, hierarquia ou qualquer outro tipo. Seu sorriso era completo, íntegro, verdadeiro, escancarando a todos a pureza do seu íntimo, a dimensão da sua generosidade, a imensidão do seu caráter. Não sabia o que era rancor, mesmo para com aqueles que o magoaram de alguma forma. Perdoava a todos com tal naturalidade que não conseguia mais se lembrar do que o havia machucado. Vivia sempre o momento presente. Passado e futuro não lhe pertenciam. Tinha uma doçura tão evidente no olhar que passou a ser chamado pelos netos de "Vovô Doce". E ele foi mais do que um avô para cada um deles. Foi palavra, foi carinho, foi conselho, foi exemplo.

São três e quinze da manhã. Entro nos quartos dos meus filhos. Beijo-lhes as faces e rogo-lhes, em silêncio, que não se esqueçam do avô que acabam de perder. Acaricio as mãos de cada um deles e me lembro de quando eu — pequeno — colocava minha mão junto à do meu pai, e ele me prometia: "amigos até nossas mãos empatarem". Fisicamente nossas mãos empataram e desempataram há muito tempo, e o que deveria ser "apenas" uma amizade eterna transformou-se em veneração, em idolatria. O que parecia ser um futuro distante mostrou-se tão verdadeiro, mas ao mesmo tempo tão breve. E não poderia ser diferente porque, acima de tudo, breve é a vida.

De repente percebo que, mesmo depois de tantos anos, não sei se eu realmente cresci ou se foi apenas minha mão que aumentou de tamanho. Não seria de esperar que, com o empate das mãos, todas as dúvidas, angústias e inseguranças estivessem superadas? Que os medos tivessem dado lugar às certezas? Que ao tocar as mãos dos meus filhos eles também pudessem sentir toda a segurança que as do meu pai me transmitiam?

Eu só consegui empatar com a sua mão física, pai. A espiritual é grande demais para ser alcançada, ou talvez minha capacidade de crescimento tenha limitações que você nunca conheceu. Mas vou continuar tentando, eu lhe prometo.

São três e meia da manhã. Deixo meus filhos dormirem em paz. Na sala, em prantos, agradeço à Vida por ter me permitido tantas bênçãos, a começar pela graça maior de ser filho do homem extraordinário que deixou ontem este plano terreno. Um plano ao qual, na verdade, ele jamais pertenceu. Acredito que ele tenha vindo com a missão de tentar elevar um pouco o nível de consciência deste nosso mundo. E o fez com tal competência que Deus lhe permitiu continuar por aqui, mesmo muitos anos depois de seu coração físico ter perdido a capacidade de sustentar o próprio corpo.

São quase quatro da manhã. Tento agora definir o que meu pai significa para mim. A tarefa é impossível. Não existem — em língua alguma — palavras que traduzam o amor mais pleno que poderia existir. A proximidade da aurora, entretanto, me traz a imagem daquele primeiro raio de sol que desponta no horizonte. Aquele que aponta o caminho para os demais o seguirem e, dessa forma, cobrir a planície de luz. Meu pai sempre foi esse primeiro raio de sol. Foi também todos os demais que inundaram de luz os meus caminhos. Foi meu Norte, minha bússola, a estrela que me guiava de volta para o cais. Foi meu maior orgulho, meu herói imbatível, meu melhor amigo. Foi meu confidente mesmo quando eu nada lhe dizia, meu conselheiro mesmo quando o assunto não lhe era conhecido, minha referência mesmo quando optava por uma direção alternativa à dele. Foi a maior dádiva e o maior amor da minha vida.

São mais de quatro da manhã. Percebo, pela primeira vez, o tamanho do vazio que sua ausência me causa. Percebo também que, ainda maiores que minha saudade, são os inúmeros exemplos que ele deixou, as incontáveis palavras de amor e confiança que ele proferiu. Percebo que jamais conseguirei agradecer suficientemente por tudo que ele fez e continuará fazendo por mim e pela família que criei à sua imagem. Percebo que estarei sempre de joelhos a seus pés, tamanha é minha veneração por este ser de luz pura, de olhar doce e de sorriso aberto que tive a honra inacreditável de chamar de pai.

São quase cinco da manhã. O primeiro dia do resto da minha vida está só começando...

Esperança

A rotina prometia ser a mesma das últimas semanas. O despertador tocou na hora de sempre, acordei meu filho com a dificuldade de sempre, deixei-o na escola com o mau humor de sempre. O trânsito — incomumente fluido — destoava do caos de toda manhã. No escritório, tarefas inacabadas acumulavam-se sobre minha mesa. Pudera, meus horários de trabalho estavam reduzidos à metade desde que ela fora internada pela primeira vez. O que não tivesse sido resolvido até o meio-dia teria de ser protelado. As tardes estavam reservadas às consultas com diversos especialistas, às visitas ao hospital, à contemplação de um olhar que parecia se esvair a cada instante. Eu e meus irmãos nos revezávamos nas noites assombradas por gemidos que não podíamos exorcizar. A transferência para a UTI fez com que os dias passassem a ser dedicados ao nosso pai, atônito por perceber que a maior de suas certezas não se realizaria. Portador de uma grave cardiopatia desde os quarenta e nove anos, ele nunca teve dúvidas de que seria o primeiro a partir. Aquele era um cenário para o qual ele jamais se preparara.

Liguei o computador mais cedo que o usual. O mostrador no canto direito da tela me lembrou de que outubro havia chegado. Era o mês dela. Em anos anteriores, estaríamos planejando o que fazer na comemoração de seu aniversário. Agora, eu quase desejava que ela não estivesse aqui para completar seu septuagésimo nono ano de vida. Sabia que, de uma forma ou de outra, vela alguma seria soprada dali por diante. Abri a caixa de mensagens. A sequência de e-mails acrescentou preocupações corriqueiras à expectativa que dominava meu cotidiano. A notícia viria por meio de um telefonema? De uma mensagem? Ou eu viveria o momento pessoalmente, durante uma das rápidas visitas da tarde? A imagem do desenlace não me trazia lágrimas. Talvez a verdadeira despedida de dez dias atrás as tivesse exaurido. Talvez meus olhos estivessem se poupando para o turbilhão que se avizinhava. Ou talvez eu apenas soubesse que a exclamação estava bem próxima, enquanto implorava para que o ponto-final permanecesse distante.

As obras não estavam paralisadas, tampouco as demandas dos clientes eram menores naquela manhã. Minhas mãos digitavam com firmeza as respostas às pendências mais urgentes do dia. Nem pareciam as mãos trêmulas que se entrelaçaram às dele na noite em que percebemos que um grande ciclo de nossas vidas estava prestes a findar. Pedia-lhe, em prantos, que não se apressasse em acompanhá-la. Rogava-lhe que ficasse, acreditando que ele realmente fosse capaz de postergar sua hora de dizer adeus. Abraçava-o como o garoto inseguro que — ansioso — sempre aguardara a chegada de seu ídolo ao cair da noite. Dizem que só amadurecemos quando percebemos que nossos pais não são super-heróis. Talvez eu jamais tenha crescido...

Os funcionários da empresa chegaram. Conversamos amenidades enquanto tomávamos a primeira xícara de café. Falamos das perspectivas de novos projetos, analisamos relatórios de resistência, programamos contratações e pagamentos. E cada um foi cuidar de seus afazeres.

Então o telefone tocou.

O silêncio de uma campainha

O silêncio de uma campainha

A poltrona vazia. O lugar desocupado na mesa. A ausência do aroma de um prato especial sendo preparado. O livro de orações fechado. As palavras cruzadas incompletas. A cama intacta. A tela do computador fria e a caixa de e-mails transbordando de mensagens não lidas. Os telefones desligados sobre a escrivaninha. A chave do carro pendurada no gancho da copa. A falta das cores de novas orquídeas. A caixa de remédios sem uso. Os cheiros que não são mais os mesmos. Os sons que ecoam no silêncio. A música que deixou de ser tocada. Tanta coisa à minha volta me diz que eles não estão mais aqui. E tantas lembranças vivas ainda me fazem suspirar: será mesmo verdade?

Ao tocar aquela campainha ainda ouço uma voz firme e alegre me dizendo: "não tem chave, não entra". A chave — que eu sempre trazia comigo — não era usada exatamente para que eu pudesse começar a interagir com meu pai antes mesmo de entrar em casa. Ansiava vê-lo abrir a porta, com aquele sorriso aberto. Era sempre a primeira pessoa em cujos braços eu mergulhava. Beijava-lhe a face, perguntava-lhe pela mamãe. Na maioria das vezes, ela estava lendo no sofá do quarto de TV, ou apenas assistindo a um de seus programas preferidos. Adorava esportes, principalmente vôlei e futebol, desde que o Cruzeiro estivesse jogando. Também não perdia um episódio de CSI: Miami ou um bom filme que estivesse passando. Sentávamos todos por ali mesmo. Eu, muitas vezes, de mãos dadas com ela. Quando os netos estavam presentes, a atenção era toda deles. E seus olhos brilhavam de orgulho a cada nova palavra pronunciada, a cada pequeno sinal de crescimento e amadurecimento. Quando as crianças estavam ausentes, passávamos horas falando sobre todos os temas. Papos corriqueiros que hoje ganham uma importância inalcançável. Conversas triviais ou profundas, muitas vezes acompanhadas de um bom vinho e muitos brindes. Quisera eu poder discutir sobre todos aqueles assuntos novamente. Que assuntos? Pouco importa. Mas imagino que, se fosse hoje, falaríamos mais sobre a vida. Sobre o quanto ela é especial, o quanto é breve. O quanto vale a pena, o quanto nos cobra em crescimento, redenção, revelação ao longo da nossa caminhada. O quanto nos ensina, mesmo quando nos recusamos a aprender. O quanto é capaz de nos mostrar como pode ser angustiante, de um momento para outro, o som de uma campainha sem resposta.

Uma poesia para ele

Uma poesia para ele

Até quando vou seguir te amando?
Até quando vou chorar por ti?
Até quando murmurar teu nome
Será meio de buscar te ouvir?

Até quando teu sorriso espera?
Até quando sentirei tua mão?
Até quando seguirei sonhando
Com o abraço que faltou, então?

Até que o sol se ponha sem angústias
Até que a noite passe sem porquês
Até que encontre no olhar do espelho
A mesma paz do teu olhar, talvez.

Até que a ausência de som seja música
E uma ária silente me conforte
E estar comigo me acalente tanto
Quanto estar contigo indicou meu Norte

Até que o outrora não me traga lágrimas
E que o depois não seja mais distante
Até que o tempo em que vivo agora
Seja não mais que o único importante

Até que tudo que aprendi me falte
Até que nada do que vi me encante
Até que o sopro do passado exale
A essência inata que é o seguir adiante

Até que o rio encontre seu caminho
Até que o amor seja sempre mais forte
Até que a luz que me cegou um dia
Mostre que a vida é bem maior que a morte

Até que a calma seja sempre plena
Até que o andar deixe de ser errante
Até que a aurora a cada novo dia
Seja sublime apenas num instante

Até que a noite não me traga frio
Até que os sons esqueçam suas trovas
Até que as cores que enxergo tímidas
Recriem tons e se descubram novas

Até que tudo que já foi vivido
Seja deixado ao largo do caminho
Até que os sonhos que sonhei menino
Encontrem coro no meu eu, sozinho

Até que o nunca esteja mais presente
Até que o sempre tenha o mesmo apelo
Até que o ímpeto de seguir em frente
Seja menor que o de tornar a vê-lo

Até que a paz me envolva, finalmente
Até que a vida cesse sem pesar
Até que eu possa contemplar contente
O meu próprio *Caminho para o Mar...*

Reflexos

Reflexos

Estou deitado de bruços sobre o granito que reveste o banco da sauna do edifício onde moro. Na lâmina d'água que se forma sobre a pedra, observo o reflexo distorcido do meu próprio rosto. Distorcido pela água que se movimenta a cada respiração. Distorcido porque a imagem que contemplo pouco se parece com a que via ao me deitar junto à piscina que marcou minha infância…

Era uma piscina simples, retângulo perfeito que se posicionava à frente da sede do sítio do meu padrinho. Seu deque, coberto de pedras São Tomé irregulares, tinha um caimento pequeno. Ao sair da água, estirado sob o sol para me aquecer, contemplava meu reflexo na lâmina d'água formada com as gotas que caíam do meu rosto. O céu azul atrás deixava meus olhos na penumbra, mesmo assim conseguia perceber o quanto brilhavam. Admirava o caminho que a água percorria através dos rejuntes de cimento em torno das pedras, como pequenos rios que contornavam continentes disformes de areia batida. Muitas viagens fiz por aqueles territórios imaginários. Olhando para trás, acredito que aqueles tenham sido meus primeiros momentos de meditação. Uma meditação involuntária e natural, quando simples gotas d'água conseguiam me levar a mundos e tempos distantes. Quando o reflexo da minha própria imagem era capaz de esvaziar minha mente. Relembro meus problemas e preocupações da época: as provas escolares tão difíceis, o relacionamento conflituoso com colegas com quem não tinha afinidade, minha autocobrança por me sentir exemplo para meus irmãos menores. Desafios que, na época, pareciam-me quase intransponíveis. Ao longe, ainda ouço as conversas alegres do meu padrinho, Hélio, minha tia, Flávia, minha avó, Bili, meus primos e irmãos, meu pai, minha mãe. É impressionante como uma simples postura pode ativar tão vividamente memórias cada vez mais longínquas. Chego a sentir a paz daquele lugar, a brisa leve sobre meu corpo. Se levantar os olhos, sou capaz de apostar que verei as palmeiras e o caminho sinuoso que levava à entrada do sítio.

Num piscar de olhos, vejo-me à beira da piscina que testemunhou as maiores mudanças na minha vida. O revestimento agora é de cerâmica, e a água preenche rejuntes retos e perpendiculares entre si. O caimento é um pouco maior e, em função disso, os rios recém-formados tornam-se velozes e caudalosos, embora breves e efêmeros. Também parecem ser mais rápidos os acontecimentos vividos ali. Desde seu planejamento e construção, aquele passou a ser meu porto seguro, o local perfeito de encontro com minha família. As vozes que escuto estão mais próximas e ainda mais vívidas. Meus pais, meus irmãos, minha esposa, minhas cunhadas, meus amigos. Com o tempo, somaram-se a essas os sons emitidos por inúmeras crianças. À medida que crescia o número de vozes, surgiam os primeiros cabelos brancos no reflexo visto na lâmina d'água. Aquele lugar acompanhou a transformação de crianças em adolescentes, adolescentes em adultos, adultos em idosos, solteiros em casados, casados em pais. Hoje deitado no granito da sauna, ainda consigo ouvir o ruído de pessoas correndo, de bolas sendo chutadas em direção ao gol. Gritos alegres, sorrisos e gargalhadas abertas, a começar da mais constante delas. A mais forte, a mais verdadeira, a mais contagiante. Ouço o tilintar do pequeno sino que anunciava que o almoço estava servido, o burburinho das conversas em torno da mesa da varanda, e os inevitáveis elogios ao sabor da comida que minha mãe preparara. Os problemas não eram mais os mesmos, nem tão simples. Entretanto, assim como as provas escolares de outrora, foram superados um a um.

De repente, volto a contemplar meu reflexo no granito da sauna. Observo, então, que minhas lágrimas também alimentam a lâmina d'água que reflete meu olhar. Deixo-as rolar, pois sei que as lágrimas mais valiosas são aquelas que derramo ao me perceber vivenciando o eterno. Não tenho como prever os acontecimentos, mas acredito que ainda me lembrarei deste exato momento em um futuro que, mesmo distante, me parecerá próximo. As preocupações, os problemas, as dificuldades continuam presentes. Talvez a vida fosse sem graça sem eles. Talvez eles venham a me parecer, em breve, tão insignificantes quanto os tantos já suplantados. Mas é gratificante perceber que também continuam presentes a alegria, a harmonia, a felicidade. Por isso, agradeço pelo privilégio de ainda me sentir protegido pela aura dos lugares e das pessoas que me guiaram até aqui, que ajudaram na formação da minha índole, que me indicaram uma direção a ser seguida.

Ainda contemplo meu próprio olhar na lâmina d'água sobre o granito. Não há rejuntes e, portanto, não há rios recém-formados desta vez. E a pequena lâmina d'água sob meu rosto me remete apenas ao mar…

O lago

O lago

Ainda estávamos na estrada quando ele avistou o lago pela primeira vez. Não disse uma palavra. Seguimos em silêncio até um platô no alto de uma colina. O sol brilhava forte, mas não era capaz de amainar o frio do inverno. Descemos do carro. Ele caminhou até a mureta de pedra que servia de guarda-corpo. Lá parou para admirar aquela superfície azul cercada de montanhas e pequenas vilas. Eu estava ao seu lado quando a primeira lágrima brotou. Seu pensamento o sequestrara. Ele não estava mais ali…

Era uma cidade como tantas outras espalhadas pelo interior de Minas. Apenas as ruas e avenidas principais recebiam calçamento. As demais, com sorte, tinham mais cascalho que buracos. A rua de terra batida que ele percorria tinha sido danificada pelas recentes chuvas. Caminhava em zigue-zague, na tentativa de desviar das poças de lama. Não tinha mais do que catorze anos e estava prestes a deixar aquele lugar de vez.

O salário que seu pai recebia como operário de fábrica mal dava para abastecer a casa. Sua mãe, sisuda como sempre, reclamava da labuta diária com a mesma frequência com que rezava o terço. Ainda assim, ele se afligia diante da perspectiva de ter de se virar sozinho. A capital seria a oportunidade de ampliar seus horizontes.

Com os sapatos encharcados, ele parou em frente ao portão de sua madrinha, a quem visitava todas as semanas. Era um sobrado quase tão simples quanto o dele, mas lá ele recebia um pouco do carinho maternal que lhe faltava em casa. Além do mais, sua madrinha tinha um rádio, e desde cedo ele percebera que a música era capaz de deixar qualquer ambiente mais acolhedor.

Bateu palmas anunciando sua chegada e foi recebido com o sorriso de sempre. Deixou os sapatos na soleira da porta e entrou. Como de costume, o rádio estava ligado e o perfume da broa de fubá ainda quente se espalhava pela casa. Sentia-se bem ali.

Sentaram-se junto ao fogão a lenha e dividiram alegrias e aflições. Entre uma conversa e outra, sua atenção voltou-se para o som que vinha da sala. Era um solo de piano. Como ele amava aquele instrumento. A madrinha percebeu seu enlevo e permaneceu em silêncio até que a melodia terminasse.

— Essa música é linda, não é? — disse-lhe, ao final.

— Nunca ouvi nada parecido. Qual é o nome?

— Se chama *Le Lac de Côme.*

— O que é isso?

— É um lago que fica muito longe, fora do Brasil. Não sei direito onde.

— Se a música inspirada nele é tão bonita assim, como será esse lago?

— Não sei, querido. Um dia você vai descobrir.

Le Lac de Côme tocava alto em suas lembranças. Eu quase podia ouvir seus acordes, envolto no silêncio daquele lugar. Nossas mãos se buscaram e se entrelaçaram. Não sei quanto tempo permanecemos assim. Provavelmente até que as notas finais ressoassem. Então ele se voltou para mim, me deu um beijo cheio de gratidão, e disse:

— Filho, o lago é tão lindo quanto a música!

Filho de rio

Filho de rio

Meus pés descalços caminhavam pelo leito de seixos. A água cristalina, aquietada em um pequeno remanso, movimentava-se a cada passo meu. Sentei-me em uma pedra alongada que se oferecia à margem. Foi quando notei a curva que o riacho fazia logo adiante, escondendo-se na mata espessa. O pequeno projeto de rio desaparecia na minha frente e eu sabia que seu destino era o mar. Então, abundantes como as águas que me banhavam, as lágrimas brotaram…

Era para ser só mais uma caminhada. Trilhas cortando o cerrado, cheiro de mato misturado ao da chuva da véspera, barro que aumentava o peso das botinas a cada passada, árvores de troncos tortuosos e pássaros coloridos em revoada. De tempos em tempos, abriam-se mirantes para os vales entre as montanhas. Em Minas, o horizonte nunca é uma linha reta. Sucedem-se picos e talvegues, aclives e declives, altos e baixos. Quem quiser saber como é a vida, basta vir a Minas e olhar para o horizonte.

A trilha terminava em uma pequena cachoeira. Já ouvi dizer que a cachoeira está para o mineiro assim como o mar está para o praiano. Só quem não é de Minas pode pensar assim. Cachoeiras não são programas de toda e qualquer hora. Há que se respeitar a liturgia. Há que se manter a cerimônia. Banhar-se de pura energia é um prêmio a ser conquistado, uma celebração, quase uma bênção. A água com sal relaxa, mas só as quedas de água doce consagram.

Digressões à parte, havia algo de novo naquela trilha. Não era o destino, tampouco o caminho a ser percorrido. A novidade estava em mim. Dois meses antes, eu me despedira do meu pai. Dois meses antes, o rio de sua vida se dissipara no mar. E rio e mar, aqui, eram bem mais do que meras metáforas.

Ele ainda era um jovem de quase sessenta anos quando escreveu um livro que descrevia as aventuras e os aprendizados de um rio evoluindo ao longo do seu percurso. Naquela marcha, estava sua história de vida. Estavam seus valores, seus princípios, suas crenças, narrados por um curso d'água que, desde a nascente, tinha consciência de que brotara destinado a mergulhar no oceano.

Caminho para o mar... passou a fazer parte da minha vida. Não sei quantas vezes as experiências daquele rio me guiaram. Não sei quantas vezes reli cada um de seus capítulos. Exceto o último. Esse foi lido somente uma vez.

Mesmo ciente de que evitava a mais bela das passagens, em que a plenitude do encontro com o mar é descrita de forma sublime, não conseguia sequer conceber a ideia de me despedir daquele rio. Não a ler era uma forma de postergar o que não pode ser postergado.

De repente, lá estava eu, com minhas lágrimas a alimentar as águas de um riacho que iniciava ali a formação do próprio leito. Sob as copas das árvores que emprestavam a sombra e a reverência de que precisava. Então retirei o velho exemplar autografado que carregava na mochila e li seu capítulo derradeiro. Li em voz alta para que o rio que me tocava também pudesse ouvi-lo.

E ali, pela primeira vez, me percebi rio também.

Confluência

Perco o fôlego. Suor reveste de sal minha pele insossa. Lufadas de incertezas — prontas para me descompassar — esgueiram-se por entre troncos lúgubres. Recolho-me. Relva e brisa dançam à minha frente, alheias à minha existência. Sou um átimo. Respirar é cada vez mais difícil. O ar que exalo recende a melancolia. Minha fugacidade é carente de afagos.

Claridade ofusca. Halos de sensatez centelham, convictos. Como se mede a perícia na vida? Resplandece a razão, abafam-se os temores. Fulgor e insuspeição chispam naquele sorriso. Desanuviada a lucidez, boca desfaz-se em mel. Olhos suscitam metamorfoses. O feitiço é contagioso.

Tarde cai. Anuncia-se o crepúsculo. Fios desenrolam-se pelos corredores de meu dédalo. Escapo por um triz, bafejado pela sorte. **O lume pálido aponta a saída. Receio prosseguir, mas a chama inquieta de uma vela ilumina meu olhar.** Monções egressas prometem inflar meus pulmões viciados. Seguro o hálito.

Volto-me para a escuridão. Acostumado às cruvianas, conclamo égides a me protegerem do bafo ardente que se aproxima. Inexistem mãos quentes para quem se habituou às geadas. **O clarão insiste, certo de sua destreza. Perco-me em seu esplendor.** Atmosfera urde — ofegante — a súplica por oxigênio. Alentar é preciso. **Suas fagulhas acendem minhas artérias.** O medo das queimaduras é perene. Que bons ventos o levem.

Sol e semblante competem pelo prêmio de mais duradouro brilho. Como um farol, perspectivas de cognição despontam no horizonte. Luzeiro se alastra como desabafo reprimido. Só me cabe inspirar. Envolvente, a aura bajula meu corpo nu. Hesito, acuado. **Contrariada, a lâmpada ameaça apagar-se para sempre. A decisão é minha. Farto de lampejos, escolho a vida. Renovo-me.**

Minuciosa, forma-se a teia que irradia aclaração. Inspiro vestígios, emano fé. Rajadas de serenidade não mais me assustam. Abatem-se dogmas, atentos ao nosso querer. O círio aceso que trago nas mãos só me serve de amuleto. Há muito perdeu a capacidade de criar sombras. Somos dois corpos luminosos, faíscas da eternidade. Madrugada irrompe. Constelações nos alumbram.

Sopro a vela, enfim. A luz não se apaga.

Então, eu também era pai...

Então, eu também era pai...

Escassas são as lembranças da minha infância. A maioria, tal qual paixão, apagou-se com o tempo. Outras, indiferentes, deixaram poucas marcas. Muitas, assim como as mágoas, duraram mais do que deveriam. Apenas algumas guiaram-se pelo amor. Essas jamais se perderam…

"Quando eu era pequenino,
isso mamãe quem me contou,
lá no hospital onde nasci
quando a enfermeira entregou
ao meu papai amado
aquele bebê maravilhoso
ele, todo orgulhoso e cheio de emoção,
quase me deixa cair ao chão."

A estrofe escrita na aula de Português da quarta série jamais foi compartilhada. O autor — então com nove anos — orgulhava-se de sua capacidade de criar rimas. A timidez, entretanto, o impedia de mostrá-las. Retraía-se, inseguro. Escrever sobre as reações decorrentes de seu nascimento o confortava. Que fim teriam levado os sorrisos da criança de olhar expressivo que o desafiava nos porta-retratos? Não sabia o que esperar da vida, mas jurou, um dia, experimentar as mesmas sensações vividas por seu pai.

Passaram-se muitos anos desde aquela tarde na escola. O inverno se aproximava e ajudava a ansiedade a gelar minhas mãos. Prestes a viver o êxtase de carregar meu filho nos braços, acreditava que a paternidade me abraçaria primeiro.

Mãos limpas, touca e máscara de proteção, roupas adequadas ao bloco cirúrgico. Estava pronto. Sonhara com aquele momento por toda a vida. Pensei no meu pai na sala de espera, quase tão aflito quanto eu. Se a emoção se repetisse, eu estaria lá para ampará-lo.

Então ele veio. Seu choro alto abafou meu pranto. Na maca, a mais linda das mães sorria lágrimas. Eu chorava gratidão. Tudo acontecia como imaginara. Mas eis que nossos olhares se encontram no primeiro colo, e me dou conta de que não conheço aquela pessoa. Quem é você, meu filho? Conte-me. Quero amá-lo, acima de tudo. Preciso entendê-lo primeiro.

A breve epifania me desnorteou. Onde teria se escondido o amor incondicional que imaginara imediato? Como descrever a obrigação de ter que venerar alguém a que se é apresentado pela primeira vez?

Um novo choro retirou-me do torpor em que mergulhara. Depois de envolver o bebê em uma manta azul, a enfermeira voltou-se para mim: "quer levá-lo ao berçário?" — perguntou-me, com um olhar de cumplicidade. Não respondi. Peguei-o firmemente nos braços. Beijei-lhe a testa. Seu pranto cessou.

A imagem do quebra-cabeça se completava. A peça que sobrara não fazia falta alguma. "Seja bem-vindo, Arthur. Tenho o palpite de que vamos nos dar muito bem".

Hora de voar

Voe, meu filho, voe.

Voe em busca dos seus sonhos. Abra suas asas e descubra quão alto você é capaz de voar. Olhe para a cordilheira no horizonte e faça da montanha mais distante a sua meta. Voe até lá. O caminho será longo, meu amor. Você enfrentará ventos que sopram na direção contrária, chuvas que molham seu rosto e o impedem de visualizar seu destino, frio e calor extremos que podem fazê-lo querer desistir e regressar. A dúvida, o medo e a saudade também podem lhe trazer lágrimas. Enxugue-as e siga em frente, meu querido. Tristeza e euforia fazem parte da viagem. Vivencie-as e cresça com cada uma delas, mas não lhes dê demasiada importância. Tenha sempre em mente que ambas são efêmeras.

Aproveite a viagem, meu filho.

Muitas vezes você sentirá vontade de voar mais rápido, no afã de atingir logo seu objetivo. Não tenha pressa, meu querido. Aprecie o relevo e as sombras que o evidenciam, as formações rochosas e suas diferentes texturas, os cursos d'água com suas corredeiras e remansos. Observe que o serpentear dos rios nada mais é do que a forma como eles sempre contornam e suplantam seus obstáculos. Encante-se com o bailar das árvores, atiçadas pela brisa mansa. Repare como seus troncos chegam a vergar diante de ventos intensos, para depois crescerem resilientes. A cada entardecer, pare um instante e admire o reflexo do sol nos mares e lagos. Note como o céu muda de cor, ou como as cores mudam de céu. Esteja aberto para que cada cor invada sua alma.

Continue voando, meu filho.

Saiba que, quando você alcançar aquela montanha distante, vai poder vislumbrar outra cordilheira no horizonte e iniciar outro voo. Assim é a vida, meu amor. Os objetivos e as metas são importantes. Mas a forma de alcançá-los importa muito mais. Seja paciente sem se acomodar. Seja tolerante sem perder o foco. Aprenda a diferenciar — e isso só se consegue depois de muitos erros — os momentos em que você deve optar por desvios mais longos e menos turbulentos daqueles em que pode encarar as tempestades. Com o tempo, você entenderá que há espaço na vida para a cautela e para os riscos, para escolher bater suas asas com vigor ou simplesmente abri-las e deixar que o próprio vento o conduza.

Esteja sempre pronto a recomeçar, meu filho.

Sim, é inevitável que você caia, mas não dê tanta importância às quedas. Apenas não deixe que a oportunidade de aprender com cada uma delas lhe escape. Erga-se e entenda qual ângulo de voo foi mal calculado, qual rajada de vento foi capaz de alterar sua trajetória, qual mergulho em busca de alimento não foi feito com a velocidade adequada. Desde que as razões das quedas não se repitam, você se levantará invariavelmente mais forte do que quando caiu.

Voe sem bagagem, meu filho.

As mágoas são como uma mala pesada que você carrega nas costas. O perdão, ao contrário, é capaz de lhe proporcionar um voo leve e sereno. Saiba perdoar com facilidade, principalmente a si mesmo. Só assim seus voos alcançarão grandes alturas. Às vezes você terá a sensação de estar voando sozinho, mesmo que faça parte de um bando. Aproveite para aprender com a solidão a se conhecer melhor. Os que voam com você só serão realmente importantes se você mesmo for sempre sua melhor companhia. Sozinho ou acompanhado, nunca se esqueça de que o voo é seu e de mais ninguém.

Escute seu coração, meu filho.

Você é livre para escolher avançar ou retroceder, continuar ou desistir. Você poderá descansar para repor as energias e esperar o momento certo de alçar novo voo. As escolhas serão sempre suas, jamais as delegue. Lembre-se, não há receitas, não há regras, não há certo e errado, mantenha-se apenas consciente do seu próprio caminho e das suas próprias decisões. Seja sempre fiel aos seus princípios, sejam eles quais forem. Seja coerente com suas verdades, mas não se torne refém delas. Verdades arraigadas e absolutas costumam limitar nossos voos. Seja sempre íntegro e honesto com os outros e consigo mesmo e, acima de tudo, nunca desvie seu olhar ao se mirar no espelho.

Ame, meu filho.

Ame cada momento do seu voo, ame a montanha que aguarda sua chegada e as muitas pelo caminho, ame os pássaros que o acompanham na jornada. Ame a vida, com todas as suas agruras e alegrias, desafios e prazeres, adversidades e conquistas. Mas sempre comece por amar a si mesmo. Ame porque o amor é a síntese e a razão de tudo. Você pensa que são suas asas que o levam a voar? Não, meu querido, é o seu amor. Jamais se esqueça disso.

Faça do sorriso, sua marca, meu filho.

Não guarde seus sorrisos apenas para os momentos de vitória. Você não vai ganhar todas as vezes, não deixe de sorrir por conta disso. Sorria a cada etapa do seu voo. Voe sorrindo. Quando a vitória acontecer, sorria ainda mais, entre lágrimas de emoção. Se ela não vier, misture seu pranto aos sorrisos por ter feito o seu melhor. Se precisar de um motivo para sorrir, sorria porque você sabe onde quer chegar. Quando você for mais velho verá que muita gente passa pela vida sem saber sequer que direção seguir.

Conte conosco, meu filho.

Voe para longe do seu ninho, querido. Voe para construir seu próprio ninho, certo de que aquele que você deixou estará sempre pronto para recebê-lo. Com o tempo — e somente com o tempo — você entenderá que os ninhos dos filhos jamais são desfeitos. Por isso, mesmo vazio, seu ninho estará sempre aqui, silente, em um ansioso compasso de espera. Uma espera carente de abraços, de beijos, de toques, mas, ao mesmo tempo, ciente de que as montanhas próximas não correspondem aos seus sonhos e ao seu desejo de alçar voos mais altos. Limitar seus voos seria o mesmo que amputar parte da sua alma. Por isso, meu amor, as lágrimas da saudade que já está machucando muito o seu e os nossos corações serão sempre sobrepujadas pelos sorrisos e pela certeza de que seu voo nos inspira, nos anima e nos eleva. É hora de voar, Arthur.

Seja feliz, meu filho.

Papai está aqui

Papai está aqui

Eu me lembro do dia em que ele me chamou de "pa" pela primeira vez. Não passava de um projeto de gente, com os olhinhos atentos a tudo.

— Sim, querido, sou eu, o pa. E o pa estará sempre ao seu lado.

A mensagem parece ter sido entendida, pois o segundo "pa" deixou de ser um mero balbucio e veio acompanhado de um sorriso sapeca, daqueles que desarmam qualquer carrancudo. Mesmo não sendo carrancudo, eu estava sempre pronto para ser desarmado. Mas ele cresceu rapidamente e o "pa" não durou muito.

Logo depois, veio o "papai", completo, com todas as suas vogais, em especial o "i" prolongado e ressaltado.

— Sim, meu amorzinho, sou eu, o papai. E o papai estará sempre ao seu lado.

Mais uma vez, a mensagem foi entendida, pois o "papai" perdurou por muitos anos, repetido nas mais diversas entonações: a carinhosa, quando nos revíamos à noite; a assustada, quando me chamava de madrugada após um pesadelo; a vibrante, quando pulava na cama para me acordar de manhã. Mas ele continuou crescendo e o "papai" tornou-se infantil.

Então veio o "pai", simples, direto, pragmático, com a discrição com a qual um homem costuma se dirigir ao outro.

— Sim, meu filho, sou eu, seu pai. E estarei sempre ao seu lado.

Agora, mensagem alguma precisava ser captada, pois aquele "pai" vinha para se tornar definitivo. Dali para frente não haveria mais mudanças. Ele ainda não era propriamente um adulto, mas pai é pai, e ponto. Então ele cresceu ainda mais e os limites do seu mundo se expandiram.

E lá fui eu acompanhar o início de sua descoberta desse novo mundo. E aquele homem feito, diante da iminente ausência física de seus entes queridos, tornou a me chamar de "papai". Não, não era uma tentativa de voltar a se sentir uma criança. Não era um "papai" infantil. Era simplesmente uma sincera e completa declaração de amor inserida em duas sílabas. Era o "papai" mais lindo que jamais ouvi. Um "papai" maduro, recheado de gratidão e admiração, embora ciente de que eu mentira ao longo de toda sua vida, pois há caminhos que só ele pode e deve percorrer.

— Sim, meu amor, sou eu, o papai. Perdão, meu filho. Você não faz ideia do quanto eu queria poder estar sempre ao seu lado…

Desembarque

Portas automáticas comandam o desfile de semblantes e expectativas. Corpos e feições tornam-se irrelevantes à medida que se aproximam. A cada abertura, meu olhar se fixa no vazio mais distante, em uma esquina que me lembra o horizonte prestes a permitir a aurora. O sol reluta em nascer.

"Tem quanto tempo que ele não passa por aqui? Uma? Duas horas? Vou chamá-lo. Está quase na hora de o parque fechar."

O casal de idosos retém o fluxo de passos apressados. Ansiosa pela linha de chegada, uma senhora vestida de impaciência os ultrapassa. A jovem de mochila nas costas decide acompanhá-los. A empatia agradece. Os sorrisos são nítidos, apesar das máscaras. Quero sorrir também.

"Não o achei em lugar algum. A piscina de ondas está vazia e os toboáguas estão fechados. Não, ainda não procurei nos banheiros. Os salva-vidas disseram alguma coisa? Calma, eu prometo que vou encontrá-lo."

A ansiedade aumenta. Foram-se os primeiros trinta minutos desde o pouso do avião. Há outro a caminho, vindo do mesmo aeroporto. Talvez ele ainda esteja no ar. O ano inteiro de espera aumenta a aflição das últimas horas. Malditos cancelamentos. Vazios, os corredores aguardam os olhares inquietos que — em breve — farão companhia aos meus.

"Nada? Ele não voltou pro hotel. Ninguém o viu? Não é possível que um parque deste tamanho não tenha câmeras espalhadas. Sim, eu sei que estão procurando, mas eu preciso abraçá-lo. Respira, vai dar tudo certo."

O som ritmado das rodinhas sobre as juntas do piso volta a dominar o ambiente. O abre e fecha das portas também recomeça, assim como o bailar dos meus olhos, em uma frenética troca de alvos. Outros vinte minutos desde o segundo pouso se foram, e nada de o sol despontar. Ao meu lado, outros olhos padecem de angústia semelhante, inconformados com o breu.

"O parque fechou há quase uma hora. Não é possível que ninguém o tenha visto. Meu Deus, não permita que nada de mal tenha acontecido a ele. Vou voltar naquele tobogã mais distante. Ele tem de estar em algum lugar."

O terceiro voo aterrissa. Há de ser o certo desta vez. As portas automáticas seguem trabalhando, ainda sem os indícios da luz. O reencontro de um neto com seus avós me toca. Quero me emocionar em outro abraço. De repente, a porta se abre e sou ofuscado por um clarão. Lá vem ele, sorridente, mais lindo do que nunca. O short de banho, ainda úmido, deixa o piso respingado. Fecho os olhos e, finalmente, um homem de terno me envolve em seus braços.

"Papai, eu fui o último a descer desta vez. Não tinha mais ninguém. Você precisava ver como foi legal. Que foi, papai? Por que você tá chorando?"

— É de alegria, meu filho. É só de alegria.

Quimera

Quimera

Meu filho caçula aprendeu a conviver com ausências desde cedo. Dos quatro aos cinco anos, viu-se obrigado a dar adeus à tia, à avó e ao avô que lhe eram mais próximos. De repente, "céu", "anjos" e "estrelinhas" ganharam significados menos lúdicos em sua mente em formação. "Nunca mais" também.

Uma noite, aos seis anos, ele me disse:

— Pai, constrói um robô igual a você pra mim?

Ele achava que eu era capaz de construir qualquer coisa, desde uma casa ou um prédio até uma nave espacial.

— Por que, meu amorzinho? — perguntei.

— Porque eu vou ficar com muita saudade depois que você morrer. Mas com o robô eu vou ter sempre você perto de mim.

A emoção não me permitiu responder-lhe naquele momento. Lamentei não saber construir robôs. Lamentei não ter construído robôs iguais aos pais que acabara de perder. Entendi, finalmente, o "nunca mais" que tanto o atormentava. Dei-lhe um beijo no rosto e deitei-me ao seu lado.

Dizem que dormir é um ensaio para a morte. Morri. Foi-se o olhar, ficaram os semblantes contemplados. Foram-se os abraços, ficaram os colos acalentados. Foi-se a dor, ficaram as lágrimas derramadas. Foi-se o sorriso, ficou a certeza de que outros certamente virão. Fui-me.

Abri os olhos, como quem desperta para outra vida. Olhei-me no espelho, não me vi. Pouco importava, alguém haveria de me reconhecer em outras feições. Meu corpo leve e sem bagagem parecia flutuar. Nada ouvia, e a tudo estava atento. Nada sabia, e jamais compreendera tanto. Nada sentia, e a plenitude me abraçava. Plenitude que robô algum seria capaz de experimentar. Acordei.

Ao meu lado, um suspiro me sobressaltou. Seu semblante sereno parecia sorrir.

Durma, meu filho. No sono, talvez você entenda que meu legado é não lhe deixar legados. Palavras ditas ou escritas ficarão, mas só se você se dispuser a buscá-las. Caminhos percorridos serão lembrados, mas não lhe caberá segui-los. Faça-os seus. Memórias se dissiparão ao ponto de quase se restringirem às fotos na parede. Não se culpe, não haverá remorsos. O que tiver que ser abordado, falemos hoje. Não há depois nem amanhãs, somente o agora. A finitude existe, meu amor. Dê graças a ela.

Meu robô, querido, caberá a você construir. As instruções estarão nos sonhos…

Toada

Toada

Nasci dando trabalho. O parto estendeu-se por quase dez horas depois do rompimento da bolsa. Fosse hoje, uma cesariana teria me trazido ao mundo muitas horas mais cedo. "Vamos aguardar, a natureza é sábia" — disse o obstetra de minha mãe. Aguardamos.

Chorei alto naquela manhã de novembro, exatos nove meses depois do casamento de meus pais. Agarrei-me à primeira oportunidade de vida que me fora oferecida. Nada indicava que desperdiçaria tantas outras dali por diante.

Cresci cercado pelo zelo, pelo amor e pela crescente responsabilidade de ser exemplo para meus irmãos mais novos. Todos podiam errar. Eu não.

Errei. Errei muito. E, quanto mais errava, menor era minha autoestima. Os hormônios da adolescência chegaram para transformar minha timidez em patologia. Resignei-me com a impossibilidade de que — um dia — viesse a me tornar alguém interessante. Entendia estar fadado às sombras, ao ostracismo, à casta de figurantes que compõe o cenário de todo protagonista.

Dentro de casa, entretanto, minha imagem de irmão-modelo permanecia imaculada. Era educado, bom aluno, respeitoso com os mais velhos, cuidadoso com minhas coisas, ciente de meus deveres e obrigações. Só não era feliz. Fosse hoje, teria frequentado os divãs de muitos psicólogos.

Na ausência de terapeutas, fiz do caderno minha terapia. Com ele compartilhei angústias, medos e expectativas cada vez menos ambiciosas. Suas páginas tornaram-se confidentes fiéis bem antes que Toquinho transformasse em poesia uma relação que me permitiu sobreviver. Nelas ficaram guardadas minhas catarses camufladas de palavras. Delas não guardo cópias.

Não sei dizer por que a confiança resolveu dar as caras. Talvez eu andasse cansado de me fazer de vítima. Talvez o perdão tivesse finalmente me convencido a dar uma chance a mim mesmo. Talvez as folhas do caderno estivessem no fim. O fato era que continuava a dar trabalho para nascer. Tive que me arrancar a fórceps.

Chorei alto quando percebi que conseguia me encarar no espelho, muitos anos depois de ter me separado de mim. Agarrava-me a mais uma oportunidade de vida que me era oferecida. Nada indicava que continuaria a desperdiçar tantas outras dali por diante. Fosse hoje, diriam que ainda não aprendi a viver. Afinal, quem sabe?

Meu Pelé

Dormia tranquilo em meu berço quando fui acordado aos berros por meu pai. Eufórico, ele queria comemorar com seu primeiro filho — então com menos de um mês — a conquista da Taça Brasil de 1966. Com uma virada épica sobre o Santos, o Cruzeiro ganhava no Pacaembu seu primeiro título brasileiro. Naquela noite, coube à minha mãe a inglória tarefa de me fazer dormir novamente. Na semana anterior, meu pai estivera no Mineirão para assistir a uma das maiores atuações do esquadrão celeste: a goleada de 6×2 no primeiro jogo da final. Cresci ouvindo as histórias dos jogos que colocaram o Cruzeiro como um dos gigantes do futebol brasileiro. Tostão, Piazza, Raul e Dirceu tornaram-se palavras recorrentes no meu limitado vocabulário. Pelé também.

Desde muito cedo, o Mineirão passou a ser minha segunda casa. Não, meus pais não eram (tão) irresponsáveis a ponto de levar um bebê de colo a todas as partidas. Naquela época, a maioria das minhas visitas ao estádio foi feita em dias comuns. Minha mãe trabalhava na Diretoria de Esportes do Estado de Minas Gerais, cujos escritórios ficavam no subsolo, abaixo das arquibancadas. Lembro-me com nitidez dos corredores em curva que levavam às diversas salas. Lembro-me das pequenas janelas que davam para o fosso do gramado e, por isso, permitiam que apenas nesgas de claridade iluminassem os ambientes. Lembro-me dos colegas de trabalho de minha mãe, quase todos homens, e da forma como ela se impunha junto a eles. Era nítida a couraça adquirida a partir dos treze anos, quando teve de largar os estudos — e os embrulhos de pão que lhe serviam de caderno — para ajudar a sustentar sua casa. Entretanto, também era nítido o orgulho por ter conseguido superar tantos desafios. Por seus méritos, minha mãe tem até hoje seu nome gravado em uma placa no hall principal do Mineirão. Pelé também.

Estava prestes a completar cinco anos quando fui à minha segunda casa, desta vez para assistir a uma partida de futebol. Era uma tarde de domingo, e meu pai me guiava pelos iluminados acessos em curva do estádio. O silêncio do subsolo contrastava com o alarido vindo das arquibancadas. Não me assustei. Os corredores vazios, esses sim me amedrontavam. O uivo do vento seguido do estrondo de portas batendo me sobressaltavam bem mais do que os gritos da torcida em festa. Eu não entendia o que acontecia no gramado, mas achei fascinante aquela concha de concreto repleta de gente. No campo, metade vestia azul. A outra metade, branco. Na tentativa de me manter entretido, meu pai começou a narrar os lances como se estivesse em uma cabine de rádio. Reconheci os nomes já gravados no meu inconsciente. Todos vestiam azul. Lembro-me, entretanto, que meu pai adotou um tom solene para se referir a um jogador de branco. Ao ouvir seu nome, meus olhos brilharam. No final do jogo, ficamos para ver de perto os jogadores que desciam para os vestiários. Meu pai sorria. Pelé também.

Voltei ao Mineirão com meu pai muitas outras vezes depois daquela tarde de outubro. Lembro-me de vibrar — em seus ombros — no quinto gol do Cruzeiro sobre o Internacional, na mágica primeira partida da Libertadores de 1976. Lembro-me de ver — da mesma posição — a chegada dos jogadores campeões daquele ano. Após o nascimento de meu terceiro irmão, minha mãe deixou seu trabalho para dedicar-se aos quatro filhos. E foi justamente o caçula — aquele que jamais conheceu os corredores escuros do subsolo do estádio — que substituiu meu pai ao meu lado nas arquibancadas. Não saberia afirmar com certeza o que o afastou das partidas. Ele dizia apenas preferir o conforto do sofá e o silêncio da televisão (sim, meu pai abaixava o volume para não escutar os comentaristas. "Se é pra ouvir bobagens, prefiro ficar com as minhas"). Mas no fundo acho que quem presenciou tanto talento, tanta entrega, tanto amor às camisas e tanta paixão pelo esporte, dificilmente se contentaria com o grande negócio que o futebol se tornou com o passar dos anos. De qualquer forma, gosto de pensar que meu pai está agora em um estádio de futebol, vibrando e cantando, com minha mãe ao seu lado. Eles não deixariam de assistir a tanta gente boa jogando por lá. Ali só tem craque. E agora tem Pelé também.

Biometria

Conheci as mãos de minha avó já idosas. Dedos curvados, pele fina e enrugada, unhas por fazer. Nunca foram fortes o bastante para me sustentar. Ao envolverem as minhas, entretanto, aqueciam feito cobertor felpudo, mingau de Maizena, cantiga de ninar. Não as reconheci ao tocá-las pela última vez. Seu calor se dissipara.

As mãos de minha mãe sempre foram firmes, impetuosas, determinadas. Às vezes, assustavam. Delas vinham as palmadas que findavam travessuras, os movimentos a guiar as primeiras caligrafias, a compressa que me cobria a testa e amainava o ardor da febre. Despedi-me delas muitas vezes, a primeira ainda criança, vendo-as acenar pelo vidro de um portão de embarque. Na derradeira, só as minhas gesticularam um adeus.

"Amigos até nossas mãos empatarem" — repetia meu pai, sempre que chegava em casa. O gesto de sua mão sobreposta à minha estendeu-se pela vida afora. Tornou-se nossa marca registrada, nossa senha secreta de cumplicidade. Suas mãos me instigaram a sonhar, a ousar, a reconhecer texturas e essências. Entrelaçaram-se às minhas no tilintar das taças, nos primeiros choros de criança, nos suspiros quase silentes que musicavam nossos olhares. Guardo — como acalanto — o calor da última vez que se abraçaram.

Pequenas, quentes, sedutoras. Assim conheci as mãos dela. As minhas gelaram, amedrontadas. A inevitável entrega intimidava. Uma vez unidas, deixei-me levar pelas trilhas para onde me empurravam, ditando o ritmo, desbravando veredas. Passado o susto, seguimos lado a lado, de mãos dadas. Não saberia caminhar de outra forma.

Descobri que meu coração pulsava no polegar quando, pequenas, suas mãos o envolveram. Redefinia-se meu conceito de amor. Mãos dadas desvendaram os primeiros passos, sossegaram aflições, acalentaram noites em claro. Hoje sou eu a buscá-las. Cedo, aprenderam a se despedir, também diante de um portão de embarque. Mesmo distantes, nelas repousa meu esteio.

Contemplo minhas próprias mãos. A pele fina — herança de avó — começa a revelar pequenas manchas — heranças de pai. Trazem ainda aversão ao desemparo dos ombros — herança de mãe. Espero um dia vê-las envelhecidas, engelhadas, cercadas de outras tantas. Que possam contar histórias ao serem tocadas. Que possam evocar memórias, entre sorrisos e lágrimas. Que possam aquecer novas mãos, mesmo quando lhes restar uma única centelha de calor.

Romaria

Romaria

Minha rua começava em um bosque. Árvores frondosas protegiam-me do sol e da chuva leve. Embalavam-me, mesmo quando o vento inclemente as fazia vergar. Ainda sou capaz de sentir o perfume das flores com as quais uma delas se enfeitava. Outra —mais robusta — cativava-me pelo aconchego de suas copas, onde pássaros das mais diversas cores ensaiavam acordes e sinfonias. A brisa espalhava sementes pela via afora e assobiava ao roçar os galhos mais altos. E a luz, filtrada por folhas e ramos, criava imagens de caleidoscópio no chão à minha frente.

Após a primeira esquina, minha rua ficava mais sombria. Como se as árvores tivessem perdido a capacidade de barrar o frio que escoltava o entardecer. As construções ao longo do caminho pareciam inacessíveis, com suas janelas cerradas e portas invisíveis. Lembro-me dos semblantes sisudos que acompanhavam minha passagem. A ânsia de correr para vencer aquele trecho encontrava resistência na corrente de ar que me empurrava na direção contrária. A inércia me assustava.

Apenas um quarteirão depois, os comércios de bairro deixavam minha rua ainda mais desafiadora. As fachadas agora tinham portas abertas para os passeios, mas poucas se mostravam realmente convidativas. Entrei em muitas delas para tentar fugir dos calafrios que insistiam em me fazer companhia. Buscava o acolhimento das árvores, bem distantes dali. O aclive se acentuava lá fora. O pavimento, cada vez mais deteriorado, transformava em esforço cada um de meus passos. Ali aprendi a caminhar.

A praça no alto da encosta prometia lenitivo para a marcha sem tréguas. Bancos de madeira convidavam para um momento de contemplação, e uma bica de água cristalina quase me fez diminuir o ritmo. Crianças corriam à sombra dos arbustos, encenando uma pressa que ainda desconheciam. Uma delas sorriu ao me ver passar.

Muitas curvas e esquinas se seguiram até que minha rua se tornasse síntese de toda sua extensão. Suas quadras estão agora repletas de casas, edifícios, lojas, restaurantes e todo tipo de edificações. Seu canteiro central conta com uma pista de cooper, a qual percorro cada vez com maior vagar. Há árvores, muitas árvores, e as imagens de caleidoscópio continuam a surgir de tempos em tempos. Os semblantes fechados me assustam menos, e passei a chamar de conselheiros os frequentes calafrios. Ainda tenho sede de sorrisos.

Não sei qual é o tamanho da minha rua nem onde vai dar, mas, se tivesse que apostar, diria que ela termina em um bosque...

Estopim

Estopim

O horizonte, vestido de alvorecer, clamava por ajuda. Queria ser eternizado. Não pelas lentes que distorcem suas cores e apagam seus silêncios. Não pelas lembranças que, com o passar das contemplações, esmaecem seus perfumes. Não, o horizonte estava à procura de alguém que pudesse traduzi-lo. Alguém que soubesse descrever suas rubras cascatas, seus banhos de sol, seus tons que não eram do céu nem eram do mar. Alguém que ousasse invocar a magia das metáforas e — no afã de defini-lo — conseguisse ressignificá-lo. Alguém que dominasse os segredos das metonímias e as distribuísse como hóstias, sob as bênçãos da palavra. Alguém que pudesse entendê-lo.

O horizonte, disfarçado de entardecer, tinha esperanças de burlar a finitude dos átimos. Implorava por uma sentença única, definitiva o bastante para transformá-lo em sensação. Ansiava por gerúndios que lhe permitissem continuar eriçando pelos e orvalhando semblantes, mesmo depois da escuridão. Sonhava com infinitivos que lhe indicassem que existir e perdurar podem — enfim — ser chamados de sinônimos. Almejava imperativos que transmutassem súplicas em ordens, interrogações em pontos finais, hesitações em bastas. Queria a perenidade das reticências.

O horizonte, pincelado de crepúsculo, imaginava-se imperecível no folhear das páginas. Ali, cercado de paradoxos, até mesmo os olhares cabisbaixos teriam como apreciá-lo. Envolto em hipérboles, seu deslumbramento inalcançável jamais passaria despercebido. Acompanhado de eufemismos, seu brilho intenso não seria páreo para a iminente ausência de luz. Ali, o horizonte estaria disposto a conviver com o pragmatismo dos substantivos, a imperfeição dos pretéritos, o pieguismo dos adjetivos. Ali, bastaria a ele reconhecer-se.

O horizonte apenas buscava alguém que soubesse falar sua língua. Então, atônito, descobri que estava mudo.

Alento

Escrevo porque reflito. Escrevo porque transpiro, porque meu coração descompassa, porque meus pelos se eriçam. Escrevo porque me agito e porque me aquieto.

Escrevo porque, na forma de palavras, meus medos me assustam menos. Dispersas nas frases, minhas frustrações são toleráveis. Oculta em metáforas, minha dor faz mais sentido. Escrevo porque o espelho me obriga.

Escrevo porque sonho e, nos sonhos, as orações me obedecem. Escrevo porque é assim que rezo quando me falta fé, é assim que choro quando me faltam lágrimas, é assim que enxergo quando me falta luz. Escrevo porque nem sempre me calo.

Escrevo porque minhas opiniões pedem para ser partilhadas, meus pontos de vista suplicam por contatos, minhas verdades se alimentam de confrontos e abonos. Escrevo porque as páginas são perenes mesmo que se queimem, os textos são eternos mesmo que se apaguem, as sentenças são definitivas mesmo que ninguém as leia. Escrevo porque não sei como dizer.

Escrevo para que não me sobrem musas, para que não me bastem motes, para que não me escape o olhar distante. Escrevo porque, transcritas, as feições se tornam eternas. Descritas, as mãos permanecem entrelaçadas. Narrados, os timbres não são esquecidos. Escrevo por contemplar.

Escrevo porque o sorriso me atiça e a agonia me instiga. Escrevo para aprisionar momentos, para libertar angústias, para que o enredo possa ouvir meu eco. Escrevo porque a finitude me apressa.

Escrevo porque transbordo e porque falto. Escrevo porque me indago e não encontro a resposta. Escrevo para me contradizer e endossar, para me benzer e condenar, para que meu olhar se perceba alerta. Escrevo para que minha ânsia repouse ao pé da página tomada. Escrevo porque me conhecer não me basta.

Escrevo porque a plenitude dos detalhes me fascina, os meandros da poesia me afligem, o ritmo da prosa me seduz. Escrevo porque, quando parte do papel, minha voz é promessa. Quando extensão da caneta, meu pulso é fluxo. Escrevo por meus vômitos, meus gozos, meus gritos. Escrevo porque a febre irrompe.

Escrevo porque a letra A tem meu nome, porque tinha uma pedra no meio do caminho, porque a festa acabou, a luz apagou e o povo sumiu. Escrevo porque, quando se vê, já é sexta-feira, porque tem tudo em Pasárgada, porque a tristeza tem sempre uma esperança de não ser mais triste não.

Escrevo porque não tenho razão. Escrevo porque razões não me faltam.

Tormento? Dádiva?

Ar…

Alfarrábio

Papel de segunda linha, capa com cores desbotadas, recortes mal feitos. A encadernação não primava pelo capricho. As orelhas limitavam-se a pequenas dobras das abas, e nelas não cabiam frases. A lombada carecia de título, a folha de rosto esquecera-se do autor. Ninguém pagaria um centavo por aquele exemplar. Entre tantos mais vistosos, leitor algum o escolheria na prateleira da estante. As palavras ali contidas nasceram fadadas ao desapreço. Severino sabia disso quando as escreveu…

Prefácio

"A lembrança da vida da gente se guarda em trechos diversos, cada um com seu signo e sentimento, uns com os outros acho que nem não misturam. Contar seguido, alinhavado, só mesmo sendo as coisas de rasa importância" — escreveu um tal Guimarães que conhecera entre uma e outra andança. O sentido da frase lhe escapou. Ficou o gosto pela sonoridade e o perfume do fumo de rolo, testemunha do encontro. Jurou um dia ser capaz de escrever bonito assim.

Prólogo

O sertão mineiro era estéril feito gota de esperança. A aridez da terra endurecia até os corações mais úmidos. Se o céu não aprendeu a chorar, não eram os olhos da cabocla que haviam de lhe ensinar. Seus pés descalços marchavam firmes pelo mandiocal adentro. Ao fim da lida, barriga pesava tanto quanto o cesto que lhe servira de guarda-sol. A noite chegou com as primeiras dores. Pelas gretas da taipa, a lua viu quando seu grito cessou e o dele eclodiu. Veio do fogão a lenha o primeiro calor a abraçá-lo.

Enredo

Fosse por vontade própria, não seguiria os passos trôpegos do matuto adiante. A dívida da guarida não estava quitada, apesar dos anos de labuta. Dádiva, só recebera o nome. Aprendeu — moleque ainda — a encontrar descanso na névoa do tabaco e no doce da cana. Os anos passaram como voo de araçari arisco. Moldado à rotina, cansou-se de questionar a vida. Por não saber rezar, apertou o chapéu de palha contra o peito e pediu a graça de ir-se embora. Deus não lhe deu ouvidos e mandou Ana Quitéria bater em sua porta. Aqueles olhos — famintos de afeto — deram a ele a vontade de ficar.

Partiram juntos em busca de veredas férteis e solos límpidos. Travessos como as crianças, brotaram os ipês-do-cerrado. O trabalho se mantinha, mas o descanso agora tinha goles de tagarelice e tragos de sabedoria. O tempo teimava em ser medido por fatias de queijo e xícaras de café. Cada noite em volta da fogueira deixava o chapéu de palha mais perto do peito. Severino apresentava a gratidão à madrugada. O céu o ensinara a chorar.

Epílogo

O crepúsculo cobria-lhe o olhar. O semblante de Ana Quitéria iluminava seu horizonte. Ao seu lado, filhos e netos fingiam enganar as lágrimas. Páginas de um grande livro lamuriavam, incrédulas diante do ponto-final. Quem dera todos pudessem lê-las. Próximo ao ocaso, perguntou a um dos netos pelo chapéu de palha. "Tenho muito a agradecer" — disse-lhe, mãos e chapéu ao peito.

— Algum arrependimento, vovô?

— Só um, querido. Queria ter aprendido a escrever.

Reminiscências e revelações

Reminiscências e revelações

Ela acionou o aplicativo no celular pela quinta vez nos últimos dez minutos. Os dois ícones identificadores de leitura teimavam em permanecer na cor cinza. Teria ele mudado as configurações do aparelho? Não, ele não faria isso. Não com ela. "Tenho que me controlar" — repetiu para si.

Verificou mais uma vez.

O cinza se mantinha. Lembrou-se de quando ainda desenhava. Grafite sobre papel. Gostava especialmente de retratar praias quase desertas e pequenos barcos pesqueiros com as velas içadas. Quantas vezes usara aqueles mesmos ícones para representar gaivotas em revoada. Lamentou não ter desenvolvido a técnica de desenho com cores. Teria sua vida ficado mais alegre?

Riu de suas conjecturas e recordou-se da última vez em que tinha usado seus grafites. Foi quando desenhara seu próprio rosto e percebera o quanto é difícil a ilustração de um olhar. Ele desdenhara o retrato e recomendara que, dali por diante, ela se ativesse às velas e gaivotas.

Suspirou.

Foi à varanda e olhou para o céu em busca de pássaros. Pássaros em pleno voo com as asas abertas. Pássaros azuis, de preferência. Tentou buscar na memória o instante em que permitira que o medo e a insegurança a dominassem. Não se lembrava de ter se sentido assim, a não ser quando — ainda criança — perdera-se da mãe em uma praia superlotada. Foram poucos minutos que lhe pareceram uma eternidade. São frequentes, ainda hoje, os pesadelos em que se vê desnorteada, vagando entre pessoas desprovidas de feições.

Suspirou novamente e chegou à conclusão de que vinha dali sua aversão a multidões. Por que jamais refletira sobre o assunto? Pensou em ligar para a mãe e lhe contar sua nova epifania. Desistiu. Falaram-se com pouca frequência nos últimos anos, e teve receio de que ela não desse atenção a uma tese tão banal. Sentiu saudade de quando eram mais próximas, de quando podiam compartilhar aflições e trivialidades.

Dirigiu-se ao jardim e fitou a velha gameleira. A algazarra das maritacas camufladas pela copa densa lhe chamou a atenção. Os frutos caídos no solo eram disputados por pequenos roedores. Admirou a sombra em forma de árvore que o sol projetava na grama, os beija-flores que se revezavam ante o pequeno bebedouro próximo à cerca, o caule de uma amoreira carregada de frutos.

Sorriu.

Voltou sofregamente para dentro da casa e de lá saiu com uma grande mochila nas costas. Trouxe também nas mãos uma pasta com todo seu material de desenho. Antes de trancar a porta, olhou em volta e pousou o celular sobre a mesinha de canto. Não verificou coisa alguma. Não precisava. Sabia que os ícones tinham ficado azuis.

Sentidos

A casa ainda estava na penumbra quando fechei a porta. Lá fora, o carmim tênue que marcava o horizonte não era capaz de iluminar a trava do portão. Recorri ao tato. O mesmo tato que, durante anos a fio, usei para explorar sua pele, suas curvas, seus picos e vales. Assim, aprendi a diferenciar os arrepios do começo dos calafrios do fim, os espasmos de prazer dos de repulsa, os gemidos espontâneos dos suspiros resignados. Meus dedos foram os primeiros a me dizer. Custei a lhes dar ouvidos.

A relva banhada de orvalho imitava a fragrância da chuva que, há tempos, não caía. O turno do jasmim do campo chegara ao fim. O aroma da manhã me envolvia, mas era o perfume do seu suor que dominava meu olfato. Levei minhas mãos ao nariz, na busca de reconhecer meu próprio cheiro. Eu nada exalava. Apenas minha alma fedia a desilusão.

Os gorjeios matutinos me incomodavam. Estridentes, machucavam meus tímpanos habituados ao seu silêncio. Muito foi falado. Fui incapaz de perceber seus gritos afônicos, suas súplicas taciturnas, suas ofensas emudecidas. As palavras doces que pensei terem saído de sua boca, fui eu quem as disse. Sua voz jamais pronunciou as juras de amor que jurei ter ouvido. Era falso o falsete de sua respiração arfante. O ruído de seus traços me cegara.

O sabor do café amargo disfarçava o fel do rancor. A goiabeira do pomar cedeu o fruto que prometia adoçar meu paladar. Infrutífera tentativa. Minha língua, dormente, só era capaz de reconhecer o gosto da sua. Justo ela, que um dia desvendara todos os segredos de seu corpo, entre uma e outra pausa para recuperar fôlego e saliva. Minha boca se fechara. Passei a engolir em seco o desprezo.

Os primeiros raios de sol despontaram. Levei a mão ao rosto para me proteger da claridade ofuscante. A luz forte não fazia frente ao brilho do seu sorriso, tão sedutor quanto indecifrável. Voltei meu olhar para as nuvens tingidas de amanhecer. Buscava, em vão, algo a me mostrar que a esperança haveria de renascer. Um pássaro qualquer alçou voo bem ao meu lado. Dei de ombros, segui em frente. Um dia, quem sabe, esse medo de voltar a enxergar também me abandone.

Olhei para trás, uma última vez. Da janela, seu vulto me dizia que grande parte da minha vida jamais fez sentido.

No baú de ferramentas literárias

No baú de ferramentas literárias

1. Fecho os olhos. Tudo ao meu redor parece mais claro. Vejo o que se esconde na luz. Vejo o que se mostra nas sombras. Assombro. Assombração. Nada mais faz sentido. Nada mais a fazer. Nado. Nado contra o clichê da correnteza. Nado pra ganhar das ondas, e perder pra mim mesmo. A mesmice me assusta. Ou será que me assalta? Sobressalto-me. Salto pra longe. Pra próxima longitude. Atitude é agora. Quando chegar a hora, vou pular de cabeça.

2. Eu não tinha sede. Ela me trouxe um copo d'água. Agradeci, mais por instinto que educação. Pousou o copo ao lado do computador, atrás dos muitos livros abertos, das folhas de papel amassadas. Perguntou se eu tinha fome. Neguei, agora com um pouco mais de impaciência. Eram os prazos gritando por mim. Disse-me que deixaria a comida na geladeira. Dei de ombros. Ela acariciou meus cabelos, beijou-me a testa. "Deus te abençoe, filho". Retribuí, com um sorriso. Voltei ao escritório na semana seguinte, na tentativa de vencer o luto. O copo sobre a mesa estava vazio. Quanta sede eu sentia.

3. Tímido, ele não gostava de se mostrar. Vestia roupas discretas e escondia seu rosto atrás de óculos que só serviam para disfarçar a miopia da alma. Dizia ser modesto, mas sabia que modéstia é apenas uma soberba que ainda não aprendeu a se olhar no espelho. Sonhava com o dia em que seria realmente livre. Às vezes, imaginava-se protagonista da vida, como se a vida tivesse roteiro e trilha sonora. Mas nunca se dispôs a escrever, tampouco a compor. Tomou para si os versos feitos por outro: "preste atenção, o mundo é um moinho, vai triturar teus sonhos, tão mesquinho, vai reduzir as ilusões a pó". Jamais se arriscou a cantar.

4. A criança sorriu. A mãe não notou, entretida com os vídeos do Instagram. O pai só tinha olhos para o crepúsculo, e não se virou para apreciar a aurora. O gari que varria a praça também não viu, pois não via a hora de chegar em casa. Os pombos olhavam para o chão, em busca das migalhas jogadas pelo ancião. A idosa que o acompanhava tinha o olhar fixo no nada, e nada vira. Somente eu tinha visto o sorriso da criança. E, naquele momento, me tornei a melhor pessoa do mundo.

5. — Sabia que você iria aparecer.
— Virou vidente, agora?
— Nem precisava. Você sempre aparece.
— Posso ir embora, se quiser.
— Ui, ficou magoadinho, é?
— Só quando você dá bola demais pros outros.
— Nunca te prometi exclusividade.
— E quem é que tá te cobrando isso?
— Então deixa de ser ciumento.
— Ciumento? Confio no meu taco.
— Ih, lá vem. Conheço essa sua lábia.
— Conhece e gosta, né?
— ...
— Sabe que esse seu sorriso me desmonta?
— Ah, para, vai...

Conversa de crônica

Conversa de crônica

— "O sol, debruçado sobre as brumas da fria manhã, era incapaz de aquecer o pequeno sobrado. Persistente, a claridade penetrava pelas frestas da janela. Acordei." Você acha que está muito lírico?

— Depende.

— Depende do quê?

— Do que quer contar, de como quer contar…

— Você deveria saber.

— Eu? Não, meu caro. Essa parte é sua, não tenho nada a ver com isso.

— Fico com receio de parecer alguém que não sou.

— Será que seu maior medo não é se revelar demais?

— …

— Às vezes o silêncio também pode ser eloquente.

— Estava tentando elaborar a resposta certa.

— Ela existe?

— Você acha que não?

— O que eu acho pouco importa.

— Pensei que estivesse aqui pra me ajudar.

— De forma alguma. Vim pra desafiá-lo.

— Ando meio cansado de desafios.

— Prefere o vazio?

— …

— Ainda em busca da resposta certa?

— Você me intimida, sabia?

— Que bom. Agora estamos progredindo.

— Você age assim com todo mundo?

— Assim como?

— Saindo pela tangente.

— Só porque não lhe digo as palavras que você gostaria de ouvir?

— Talvez eu não saiba o que esperar.

— E não é melhor assim?

— Se não fosse por este medo de errar…

— O medo estimula. O problema é que você me vê como inspiração.

— E não é?

— Não. Sou consequência.

— …

— …

— Acho que não vou mais usar a palavra "fria" pra adjetivar "manhã". Está implícito.

— São decisões que lhe cabem.

— Tanto faz pra você?

— Pelo contrário. A excelência mora nos detalhes. Mas prefiro focar no que vem depois do "acordei".

— Você devia ser terapeuta.

— Quem disse que não sou?

— Mais algum conselho?

— Não lhe dei conselho algum, nem poderia.

— Parece que terei de aprender sozinho.

— Os mestres serão importantes. As experiências, imprescindíveis.

— Você está me dizendo que não existe receita de bolo?

— Onde já se viu receita sem limite de ingredientes?

— Queria saber, pelo menos, como vou terminar.

— Essa é uma questão bastante filosófica.

— Não me refiro à vida. Falo de você.

— Na maioria das vezes — assim como a vida —, sou eu que vou acabar te guiando.

— Será?

— Chegamos ao final e você nem percebeu.

— Chegamos?

— Sim. Estou pronta. Feliz com o resultado?

— Nunca…

Papo recorrente

Papo recorrente

— Finalmente, hein?

— Vim assim que pude. Me atrasei tanto assim?

— Um pouco. Esta ansiedade é que faz tudo parecer maior.

— Eu sempre venho, você sabe.

— Fico sem lugar quando você demora.

— Nossos encontros não têm hora pra acontecer. Decidimos isso lá atrás, lembra?

— Eu sei, eu sei. É que… deixa pra lá, bobagem.

— Começou, agora fala.

— Tenho medo de você se cansar, de não aparecer mais.

— Sério? Depois de todo esse tempo?

— Pra mim é como se fosse sempre a primeira vez. Não me permito errar.

— Quem disse que você já acertou?

— Nossa, por que você está tão crítico hoje?

— Nunca deixei de ser.

— Não sei se isso me motiva.

— Pois deveria. Ninguém evolui só com elogios.

— Acho que preciso de um, agora.

— Já lhe disse que gosto da sua criatividade, de acompanhar seu crescimento. Vivemos muita coisa juntos.

— O passado pouco importa. Aposto que você não me perdoaria se eu me acomodasse.

— Nenhuma acomodação é boa. Mas jamais te abandonaria assim, de uma hora pra outra.

— Jura?

— Pra que jurar? Sempre fui sincero contigo. Estamos juntos porque você me faz sorrir e chorar com a mesma facilidade.

— Queria ter feito você pensar.

— Puxa, quanta insegurança. Você me faz pensar também. Satisfeito agora?

— Desculpa. Não falei pra te irritar.

— Conta outra. Você adora me irritar.

— Gosto de te provocar.

— Já parou pra pensar que somos diferentes?

— Como assim?

— O que não é ofensivo pra você, pode ser pra mim.

— Quando foi que te ofendi?

— Foi só um exemplo. Quero dizer que uma mesma ação pode ser interpretada de diversas formas.

— E como faço pra não ser mal interpretado?

— É inevitável, não se preocupe. O que não significa que não precise ter filtros.

— Que tipo de filtros?

— Depende do quanto estiver disposto a se mostrar.

— ...

— Te fiz pensar agora?

— Mais do que imagina.

— Tô até me sentindo importante.

— E é… bem mais do que imagina.

— …

— O que você quis dizer com "de uma hora pra outra"?

— Quando?

— Quando falávamos sobre acomodação.

— Ah, que eu tentaria te alertar caso percebesse que você estava se afastando.

— De você?

— De si mesmo.

— …

— …

— Nos vemos na próxima crônica?

— Faz mesmo questão da minha presença?

— É pra você que eu escrevo.

— Conheço esse papo. Eu nem existia quando começou.

— E mudou tudo quando apareceu. Posso contar com você?

— Te dou minha palavra.

— Não, meu querido. Quem te dá a palavra sou eu.

Centelha

Ele aguardava na sala de espera há quase meia hora quando ela chegou. Vestia um *tailleur* pérola que delineava seu corpo esbelto. A maquiagem realçava seus olhos verdes, mas não era capaz de esconder o olhar vacilante. Conseguia, no entanto, equilibrar-se com elegância sobre os saltos agulha recém-adquiridos. Ele tentou não sorrir ao vê-la. Não conseguiu. Ela respondeu com um aceno de cabeça quase imperceptível, e endureceu o semblante. Sentou-se na poltrona em frente à dele, cruzou as pernas bem torneadas e abriu a bolsa em busca do celular.

A secretária lhes serviu café e informou que a reunião começaria em breve. Ambos haviam concordado em procurar um único advogado para a abertura do processo de divórcio. Sempre se deram bem, não havia motivos para disputas ou litígios. Entre um gole e outro, ele perguntou pelas meninas. Ela, pela sogra, a quem tinha como mãe. Seguiram-se longos minutos de um silêncio constrangedor que ela, por fim, decidiu quebrar:

— Li seu conto.

— Qual deles?

— "Subindo pelas paredes", ou coisa parecida.

— Gostou?

— Sim.

— Que bom.

— Literal, né?

— Achou?

— Sim, bem diferente dos outros.

— Diferente, como?

— Sei lá, as imagens são tão palpáveis.

— Palpáveis? Se passa num sonho.

— E a descrição das imagens de um sonho não pode ser palpável? — perguntou, revirando os olhos.

Ela detestava quando ele dizia o óbvio para sustentar seus pontos de vista. Ele, por sua vez, não tinha paciência com sua dificuldade em ir direto ao assunto. Ela continuou:

— A personagem parece bem apaixonada.

— Deu essa impressão?

— Por quê? Não está?

— Não pensei nisso quando escrevi.

— Pensou em quê?

— Ué, numa mulher decidida, que quer se libertar, viver novas experiências, essas coisas.

— Principalmente na cama, né?

— Também. Algum problema?

— Nenhum. Mas quando estávamos juntos você escrevia sobre esses assuntos com mais cerimônia.

Agora quem revirou os olhos foi ele.

— Não tem nem duas semanas que eu saí de casa. Quando comecei a escrever ainda estava lá.

— Pior ainda.

— Pior ainda por quê?

— Porque claramente não foi em mim que você se inspirou.

— Não me inspirei em ninguém.

— Ah, conta outra.

— Eu sempre escrevi sobre relacionamentos, você sabe.

— Mas pouquíssimo sobre sexo.

— Várias e várias vezes. Você está sendo seletiva por conveniência.

— Não estou não. Comigo era no máximo um "papai e mamãe" velado, e olhe lá.

— Que bobagem é essa? A gente nunca teve pudores na cama.

Ela engasgou. Tinha que admitir que aquilo era verdade.

— Não estou falando da gente. Falo de mim como personagem dos seus textos.

— E quem disse que era você?

— Ah, não? Quem era, então?

— Eu sou escritor. Eu invento personagens.

— Não me venha com essa. Você sempre me disse que se inspirava nas pessoas.

— Me inspiro nas características que observo. Só isso.

— Pois é, que tipo de piranha que gosta de se lambuzar de mel você anda comendo?

Ele ameaçou se levantar, mas recuou.

— Nem vou responder. Você sabe que eu não gosto de mel.

— Mas essa última sirigaita parece que conseguiu mudar seus gostos.

— Já disse que aquilo é um personagem.

— Garanto que era chantilly e você trocou por mel só pra disfarçar.

— A única vez que usei chantilly numa transa foi com você e há uns dez anos.

Ela suspirou. Olhou em volta para se certificar de que ninguém os ouvia.

— Pois é. E nunca escreveu uma linha a respeito.

— Trabalho com contos e crônicas. Não tenho blog de dicas sexuais.

— Mas parece que vai começar um. Fiquei horrorizada com aquela descrição.

— Que descrição?

— Você sabe.

— Não faço ideia.

— Da língua. Não parece seu estilo.

— A língua lambe? Intertextualidade pura. Mérito do Drummond.

— Carlos Drummond de Andrade?

— Ele mesmo.

— Não conhecia.

— Pesquisa aí. É curtinho.

Ela pegou o celular e leu o pequeno poema. Tentou se conter, mas seus olhos brilharam.

— Nossa. Forte, né? Então o mel…

— É só uma metáfora. Criei um paralelo com as pétalas.

— Puxa, ficou muito bom.

— Obrigado.

— Então… não se inspirou em ninguém, mesmo?

— Já disse que não.

— E você continua não gostando de mel?

— Detesto.

Ela hesitou por um momento, levantou os olhos e disse:

— E de chantilly, ainda gosta?

Vejo o futuro repetir o passado

Vejo o futuro repetir o passado

Não se viam há anos. Seis? Sete? Nenhum deles se lembrava ao certo. Ele a reconheceu primeiro. Viu-a de costas junto ao balcão da cafeteria. Quando notou que ela passaria ao seu lado, virou o rosto para que não lhe coubesse a iniciativa do cumprimento. Em alguns segundos de ansiedade, visualizou do abraço carinhoso ao olhar de desdém. Mas foi sua imagem saindo pela porta e desaparecendo na multidão que o fez voltar a buscá-la.

Lá estava ela, a poucos metros de distância, sentada em uma mesa junto à antiga *jukebox* que dominava a ala mais intimista da casa. Tinha os cabelos mais claros, em contraponto ao semblante sombrio. Tomava seu café sem pressa, e olhava na direção oposta à dele. Percebeu que pouco tinham mudado. O orgulho ainda os dominava.

Por fim, entreolharam-se.

Ele quis sorrir, mas seus lábios não obedeceram. Os olhos, sim. Pegou seu lanche no balcão e caminhou em direção à mesa. Ela sustentou o olhar o quanto pôde. Então, vacilou. Um instante de hesitação que ele chamou de esperança. A música ambiente dizia que o tempo não para. Ao chegar ao lado dela, ele parou.

— Posso me sentar?

— Se quiser — disse, com frieza.

— Não sabia que tinha voltado.

— Faz mais de ano.

— Não pensou em me ligar?

— Por que deveria?

— Sei lá.

— Pois é. Eu também não.

— Voltou sozinha?

— Então… o que você anda fazendo?

— Ah, vivendo no mesmo clipe sem nexo de sempre.

Ela sorriu timidamente. Ainda se lembrava.

— Você continua se achando um sedutor.

— Não tenho como evitar. Faz parte do meu show.

Ela baixou os olhos. Ele aproveitou para se certificar de que seus anelares não traziam sinais de alianças.

— Será que podemos voltar a nos ver de vez em quando?

— De vez, ou quando?

— Vez ou outra.

— Acho que não nos restam motivos.

— Eu quero um motivo pra viver.

— Desculpe, mas não tenho vocação pra tábua de salvação.

— Será? Foi só você partir e eu me afoguei.

Suas mãos oscilaram. Pousou a xícara no pires, na esperança de que ele não tivesse notado.

— E aprendeu a nadar?

— Na marra.

— Então somos todos sobreviventes.

— A vida continua, não é?

— Mas a emoção acabou. A nossa música nunca mais tocou.

— Eu jamais deixei de ouvi-la.

Entreolharam-se sem hesitações, pela primeira vez.

— Quem sabe você não a canta pra mim amanhã?

— Por que não agora?

— Tenho que treinar meus ouvidos.

— Pra que usar de tanta educação pra destilar terceiras intenções?

— Você me conhece. Minhas intenções são sempre muito claras. Amanhã, aqui, neste mesmo horário.

— Chegarei antes. E lhe trarei mil rosas roubadas.

— Exagerado.

— Sou. Mas preciso te ganhar ou perder sem engano.

— Talvez suas chances aumentem se, amanhã, você me chamar pelo codinome. Ainda é o mesmo…

Vagas natalinas

Vagas natalinas

— Bom dia, vim para o Natal deste ano.

— O nome do senhor, por favor?

— Jesus Cristo.

— Sim, mas qual deles?

— Não entendi.

— Estou me referindo às suas experiências como Jesus, seu currículo, onde o senhor nasceu…

— Nasci em Nazaré, é claro.

— O senhor poderia aguardar naquela sala junto com os outros candidatos?

— Outros candidatos? Candidatos a quê?

— À vaga de Jesus Cristo, naturalmente.

— Mas eu sou Jesus Cristo.

— Querido, todos ali também são.

— Deus do céu!

— Perdão, as vagas para Deus do céu ainda não foram abertas.

— É só força de expressão. Mas deve estar havendo algum engano. Eu sou único.

— Que veio de Nazaré, pelo menos até agora, o senhor é o único mesmo. Ainda assim, a concorrência está muito acirrada.

— Tem quantos candidatos?

— Deixe-me ver. Até agora tem dez, incluindo o senhor.

— Dez? Virgem Santa!

— As vagas pra virgem santa já foram preenchidas. Se bem que a virgindade não foi usada nem como critério de desempate.

— Deixa pra lá. É que eu nunca tive que passar por uma seleção deste tipo antes.

— Os Natais estão acompanhando a diversidade do mundo moderno. Todos querem se sentir representados.

— Diversidade? Não estou entendendo mais nada.

— Vieram candidatos de todas as épocas e de todas as manifestações artísticas. Está vendo aquele baixinho de cabelo curto e sem barba?

— Sim.

— É o mais velho que apareceu por aqui. Veio do século IV depois de... bom, do senhor. Essas representações foram banidas a partir do século VI, quando o cristianismo adotou a imagem de Cristo com barba e cabelos compridos.

— E ele quer ser Jesus neste Natal, dezessete séculos depois?

— Tem gente que acha que aquela é a verdadeira imagem de Cristo.

— E aquele ali, todo coberto com um pano preto?

— Aquele é do carnaval de 1989. Criação de Joãosinho Trinta. Foi censurado pela igreja do Rio de Janeiro.

— Censurado? Por quê?

— Porque mostrava Cristo vestido como mendigo.

— E o que há de mal nisso?

— Não sei lhe dizer, senhor. Mas outros ali também enfrentaram problemas do tipo.

— Quais?

— Bom, os dois Cristos americanos são de filmes condenados pelo Vaticano, aquele com vários braços estava em uma exposição que foi fechada no ano passado, os representados por pessoas negras e homossexuais foram perseguidos e aquele do fundo foi proibido por ser considerado "humano demais".

— Não acredito.

— O último a chegar antes do senhor foi o Cristo que estava no filme de um grupo de humoristas. Muita gente está tentando tirar o filme do ar porque aquele Jesus foi seduzido por um Lúcifer gay.

— Todas essas versões minhas foram censuradas de alguma forma?

— Parece que sim.

— Mas nenhuma delas sou eu de verdade. As pessoas não entendem isso?

— Elas dizem que estão zelando pela sua imagem.

— Deveriam se preocupar mais com a minha palavra.

— Alegam que sua palavra também está sendo deturpada.

— Sempre transmiti uma mensagem de paz e tolerância. E é bom que o meu nome esteja sendo usado para reflexões e questionamentos, para que uma pessoa possa sorrir ou simplesmente para que alguém se sinta representado. Muito melhor do que usá-lo para justificar conflitos e guerras.

— Muitos consideram algumas manifestações ofensivas à fé das pessoas.

— A verdadeira fé não deveria se importar com manifestações artísticas e opiniões alheias. Nunca exigi que todos cressem em mim.

— Bom, vou acompanhar o senhor até a sala.

— Não é necessário. Estou de saída.

— Por quê? Não vai mais participar da seleção? Acho que o senhor ganharia de lavada.

— Não preciso mais, filha. Já vi que estou muito bem representado.

Revelação traumática

Revelação traumática

— Filho, venha aqui. Precisamos ter uma conversa séria.

— O que foi, pai?

— Eu e sua mãe não temos sido totalmente honestos com você.

— Pai, tô ficando assustado.

— A gente não podia te contar a verdade. Você ainda era muito novo pra entender.

— Pai, pelo amor de Deus, fala logo.

— Antes eu quero que você entenda que nós dois te amamos muito. Nada vai mudar isso.

— Eu juro que entendo, mas eu tô quase em pânico aqui.

— Paula, pega um copo de água com açúcar pra ele.

— Gente, eu não quero beber nada. Só quero saber o que está acontecendo.

— Tá bom, querido. Olha só… sabe…

— Pai, desembucha de uma vez.

— Você é fruto de uma reprodução heterossexual.

— Ah, meu Deus. Não acredito.

— Calma, filho.

— Como você quer que eu fique calmo?

— Eu sei que é um choque. Senta aqui, respira. Paula, pega um saco de papel. É mais uma daquelas crises de ansiedade.

— Não quero saco de papel nenhum. Quero saber toda a verdade, agora.

— A gente vai te contar, filho.

— Reprodução heterossexual entre quem?

— Bem… é… entre mim e sua mãe.

— Ah, vocês querem acabar com a minha vida.

— Filho, não diga isso. Nós éramos muito jovens.

— Juventude nenhuma justifica isso.

— Eu sei, querido. Não foi fácil pra gente esconder essa mácula de todo mundo.

— Quantas vezes me disseram que eu era a sua cara, lembra? Você dizia que isso era impossível.

— Perdão, filho. Nós não queríamos mentir pra você.

— Mas mentiram! Tantas opções, pai. Tantas opções.

— Sabemos disso, filho.

— Eu podia ter nascido de barriga de aluguel, de fertilização de todos os tipos, de bancos de óvulos e de sêmen. Podia até ter sido adotado.

— A gente queria que tivesse sido algo assim, mas não foi.

— Como é que eu vou olhar pros meus amigos agora? Eu sou uma aberração.

— Não, claro que não. Você é lindo.

— Acho que não sei mais quem eu sou.

— Calma, tudo vai passar.

— Só falta você me dizer agora que não é gay e que o casamento de vocês não é de fachada.

— Paula, o saco de papel e a água com açúcar. Rápido!

E o vento levou o politicamente

E o vento levou o politicamente correto

— Rhett, oh, Rhett. Não suporto mais.

— O que aconteceu, Scarlett?

— Não consigo cuidar sozinha desta casa, Rhett.

— Mas Scarlett, eu já estudo com a Bonnie, faço nossa comida, limpo a cozinha e alimento nossos cavalos. Fora o meu emprego de fiscal do desmatamento florestal. Por que tudo tem de ser feito com madeira neste país?

— Sim, meu amor, eu sei. Não estou reclamando de você. Você cumpre bem demais o seu papel de homem cis sem lugar de fala do inclusivo século XIX. Mas esta casa é muito grande, Rhett. Só pra limpar aquela escada eu levo três dias.

— Sim, querida. Eu reconheço seu esforço. Não sei como você ainda arruma tempo para trabalhar na sua Uber-carruagem. Você me inspira, Scarlett, assim como todas as pessoas que menstruam.

— Oh, Rhett. Eu o amo tanto. Mas acho que precisamos de ajuda.

— Que tipo de ajuda, Scarlett?

— Precisamos contratar alguém que faça esses serviços domésticos pra gente.

— Scarlett, não posso crer que você queira submeter uma pessoa a tamanha humilhação. Trazer alguém para realizar serviços que são de nossa obrigação é um ultraje, é uma exploração do proletariado, é quase como se desejássemos ter escravos.

— O que são escravos, Rhett?

— Não sei, Scarlett. É só uma palavra que acabo de inventar para expressar minha indignação diante de tão deplorável situação.

— Mas, Rhett, eu ach…

— Scarlett, você não vê… ah, perdão meu amor, acabo de cometer um abominável *manterrupting* com você. Conclua seu raciocínio, por favor.

— Que isso não se repita, Rhett.

— Jamais, querida.

— O que eu estava dizendo é que esse ajudante seria muito bem pago, com todos os direitos trabalhistas, inclusive férias remuneradas em Atlanta.

— Scarlett, já não basta sermos esse péssimo exemplo de família branca e heteronormativa em uma sociedade marcada pela diversidade? Não conseguiria sair na rua e encarar todos os meus companheiros da classe trabalhadora.

— Mas, Rhett, oh, Rhett, há muito não temos um tempo só nosso. O que você acha de chamarmos a Nanny para ficar com a Bonnie? Assim nós dois poderíamos passar uma tarde romântica em Tara.

— Sinto muito, Scarlett. Sei que suas intenções são boas, mas esse ato tão simples poderia facilmente ser confundido com racismo, misoginia, gordofobia e opressão patriarcal, tudo junto. Imagine o desastre, minha querida. Se ainda fosse um vídeo, poderíamos tirá-lo de circulação e pedir desculpas à sociedade, mas nossos atos não têm volta.

— O que é um vídeo, Rhett?

— Não ligue para minhas palavras, Scarlett. Fico muito criativo quando me empolgo.

— Sim, eu sei. Mas qual é sua sugestão, Rhett?

— Scarlett, temos que nos mudar para uma casa menor.

— Sim, Rhett, sim. Vamos nos mudar. Seremos mais felizes com uma vida mais simples. Amanhã, meu amor, será um novo dia!

Exorcismo

Exorcismo

— Fédaputa!

A mãe pensa não ter entendido. O garoto mal completara três anos. Jamais seria capaz de proferir uma obscenidade dessas.

— Você disse alguma coisa, amor?

— Fédaputa!

Não há mais dúvidas. Ela encosta o carro, desesperada. Estavam a caminho da creche. Atônita, pensa em virar na primeira esquina e voltar para casa. Decerto algum colega malcriado estava desvirtuando seu anjinho. Começa a elaborar — mentalmente — o discurso que fará para a diretora da escola: "Não sabia que vocês admitiam gente desqualificada nesta espelunca. Ninguém faz uma triagem prévia? Um levantamento dos valores familiares? Uma..."

— Fédaputa! — interrompe o anjinho.

— Que horror, menino. Onde foi que você ouviu isso?

— Você falou, mamãe.

O desespero transforma-se em culpa e medo. A almejada passagem direto para o Céu está ameaçada. Que tipo de mãe é capaz de praguejar na presença de seu querubim? Tenta se lembrar do momento em que poderia ter dito aquela indecência. Talvez para o corno que tinha lhe dado uma fechada mais cedo. Ou para o merda do atendente da telefonia celular, incapaz de fazer um simples cancelamento. Quem sabe pensando na porra da funcionária que sempre fica doente nas vésperas de feriados.

— Fédaputa! — repete o querubim.

— Que caralho, moleque. Fica quieto um minuto.

As lágrimas agora brotam, denunciando o arrependimento. Ela já consegue sentir o calor das chamas que a aguardam no inferno. Pede desculpas ao filho, entre um soluço e outro. Daqui por diante, sua missão será impedir que seu bebê siga o caminho pecaminoso da mãe.

— Fédaputa! — responde o bebê.

Ela aquiesce. Entende ser merecedora de todos os xingamentos. Mas promete a Deus jamais desistir de seu pequeno.

— Filhinho, isso é muito feio, principalmente na boca de uma criança. Promete pra mamãe que você nunca mais vai repetir isso?

— E só puta, pode? — retruca o pequeno.

Pronto, a criança também está condenada. O remorso a corrói por dentro. Chora pelo mal que causara ao garoto. Ele merecia uma mãe mais zelosa.

— Não, querido, não pode de jeito nenhum.

— E só fé, mamãe?

Puta que pariu, Deus não a abandonara, afinal. O menino tinha salvação. Ela tinha salvação. Foda-se o fogo do inferno. Pau no cu do chifrudo.

— Fé, pode, abençoado. Fé, pode.

O papel de cada um

O papel de cada um

Segunda-feira, 10 de setembro de 2018, em uma das celas da Polícia Federal de Curitiba…

L — Companheiros, chegou o dia mais triste pra mim. Tenho que passar o bastão.

H — Presidente, eu não sei se consigo. Eu não tenho o seu carisma.

L — Não se preocupe companheiro H, o nosso povo vota até em jegue se eu mandar.

D — Companheiros, desculpem pelo atraso. O banheiro tava sem papel.

L — Taí a prova, companheiro.

D — Não entendi. Perdi alguma coisa? Tava naquele papel? Valdeci, cadê o papel?

L — Não companheira D, não perdeu nada. Só continua tentando decorar o que tá no papel.

H — Presidente, sei que o senhor já fez isso antes, mas eu não consegui ser reeleito nem com o seu apoio.

L — É verdade, companheiro H, mas o Brasil da companheira D tava uma porcaria naquele ano.

D — Meu Brasil? Não tô conseguindo anotar. Isso já tá no papel? Valdeci?

H — Mas o Brasil ainda tá uma droga, presidente.

L — Mas agora a gente pode falar que a culpa é do companheiro T.

H — E as pessoas vão acreditar?

L — Companheiro, você não escutou que o povo vota até em jegue?

D — Valdeci, cadê o papel?

H — Mas o senhor se identifica com o povo, presidente. O senhor veio de uma família pobre do interior do Nordeste.

L — Você também, companheiro H.

H — Eu, presidente? Sempre fui de classe média. Nasci na capital.

L — Esquece isso, companheiro. Você nasceu pobre, estudou a vida toda em escola pública e só vai em médico do SUS, de preferência, cubano.

H — Presidente, ninguém vai acreditar nisso. Só estudei em escola particular, tenho plano de saúde vitalício e internacional.

L — Companheiro H, não seja bobo, o povo vota até em jeg…

D — Valdeci? O papel, Valdeci.

H — O senhor está certo, como sempre, presidente. Aliás, tenho algumas sugestões para nosso programa de governo que eu queria passar pro senhor.

L — Companheiro H, vamos deixar uma coisa bem clara aqui. As propostas são minhas, o governo é meu, você só vai lá e repete o que eu mandar.

H — Mas presidente, e se eles me perguntarem alguma coisa que eu não saiba?

L — Fala que vai me consultar, é claro.

H — Mas isso não vai dar a impressão de que eu sou só um poste?

L — Hahahaha. Companheiro H, todo mundo já sabe que você é só um poste.

H — Que povo votaria em um poste que não sabe nada? Que não tem nenhuma opinião própria?

L — O mesmo povo que vota até em j…

D — Valdeci, é a última vez que eu falo, cadê a porra do papel?

H — Obrigado, presidente, estou bem mais confiante. Pode fazer o anúncio da minha candidatura.

L — Mais minha do que sua, companheiro H, mais minha do que sua. Agora, onde está a companheira M, nossa vice?

H — Ela aproveitou que a campanha ainda não tinha começado e foi pra Nova York fazer umas comprinhas.

L — Fala com o povo que ela foi na ONU pra me defender, defender o Brasil e defender a democracia da Venezuela.

H — Presidente, o povo não vai acreditar nisso.

L — Companheiro H, tenho que te lembrar toda hora em quem o povo vota se eu mandar?

D — Valdeci! Cadê o papel?

De mãos dadas

Ainda não se sabe como o fenômeno aconteceu. Tudo anda tão confuso hoje em dia. Alguns especialistas afirmam se tratar de uma anomalia decorrente do uso prolongado de cloroquina e ivermectina sem o devido acompanhamento militar. Outros levantam rumores de que a vacina chinesa pode ter sido ministrada criminosamente no indivíduo, em uma afronta ao seu direito sagrado de raciocinar apenas quando lhe convém. Seja pelas severas inversões intestinais ou devido aos efeitos nocivos do chip asiático recém-implantado, o fato é que — acreditem! — nosso personagem voltou no tempo.

Quando deu por si, Jacinto Onofre Pinto (apelidado de Jacinto Jair Mito, nas redes sociais), conhecido comerciante da cidade de Borrazópolis, no Paraná, estava sentado no banco da praça central de seu município. Era junho de 2015, mas nada indicava que ele atravessara uma fissura no contínuo espaço-tempo. As calçadas e as construções ao seu redor eram as mesmas. A pintura intacta da igreja e o fato de que nenhum transeunte usava máscaras foram os únicos pontos que lhe chamaram a atenção. "O povo desta cidade está acordando" — pensou ele.

Absorto em suas divagações, Jacinto não notou quando uma mulher de cabelos longos se sentou na outra ponta do banco. Valdirene Silva não tinha mais do que trinta anos, e os óculos de grau que usava não conseguiam esconder um olhar atento e aguçado. Vestia uma blusa de malha vermelha, calças jeans e tênis de caminhada surrados. Desde o início daquele ano, Valdirene mudara seu nome no Facebook para "Val Coração Valente", em homenagem à governante da época. Naquela tarde de sábado, entreolharam-se pela primeira vez. Depois duas, três e, por fim, sorriram. Ele foi o primeiro a romper o silêncio:

— Você costuma vir aqui com frequência?

— Não, é a primeira vez. Tenho parentes na cidade e meus primos me chamaram para participar da manifestação.

— Não fiquei sabendo. Manifestação contra o quê?

— A favor do governo federal, na verdade.

— Puxa, conte comigo. Não aguento mais essa imprensa vendida tentando destruir o Brasil.

— Exatamente. Nem eu. Eles nem disfarçam o ódio que sentem. Meu cartaz diz: "Fora, Globolixo".

— Perfeito. Não suporto aquele Bonner.

— E a Miriam Leitão? Choram porque acabou a mamata.

— Isso. Mas os piores bandidos estão no judiciário.

— Nem me fale. Quem consegue governar com um Gilmar Mendes fazendo merda atrás de merda? Se eu encontrasse aquele canalha na rua, cuspia na cara dele.

— Eu já saía no braço. Foda-se se fosse preso depois. Teria valido a pena.

— Olha, eu sou da paz, mas com certo tipo de gente é só na pancada.

— Puxa, nunca conheci uma mulher lúcida e inteligente como você.

— Ah, que isso! É bom quando encontramos pessoas que pensam como a gente, né?

— Ô, e como. Muitos amigos já me abandonaram, dizem que eu tô cego, que sou fanático.

— Sabe que comigo acontece a mesma coisa? Será que esse povo não é capaz de ver o quanto o Brasil melhorou?

— Pois é. Também não entendo. Reclamam até dos acordos no congresso. Sem acordos, o governo não anda. Já critiquei o Centrão no passado, mas o Brasil precisa dele.

— Governabilidade. Se não fosse o Centrão, o Moro já tinha acabado com o governo.

— Nem me fale nesse cara. Que ódio eu sinto dele. Traidor de uma figa.

— Qual é seu nome?

— Jacinto, mas pode me chamar de Mito. E o seu?

— Meu nome é Valdirene. Mas meus amigos me chamam de Val.

— Olha, Val, talvez você me ache atirado, mas eu nunca me identifiquei tanto com alguém, assim, logo de cara. Tô falando sério.

— Eu também não, Mito. Aliás, que apelido mais bonitinho.

— Vamos tomar um café?

— Vamos.

E assim começou uma longa história de amor. Claro, ambos perceberam depois que não falavam sobre o mesmo governo. Mas era tarde. A paixão estava selada. Eles têm uma relação conturbada, quase tóxica. Discutem, brigam, se afastam por um tempo, mas não conseguem viver distantes um do outro. Mito costuma dizer que, sem a Val, ele não sobreviveria. Val também tem o mesmo pensamento, mas, orgulhosa, não gosta de admitir. Pelo andar da carruagem, essa interdependência promete durar muito. Quem será capaz de separar Val e Mito?

Que praga

Que praga

— O Senhor mandou me chamar, Altíssimo?

— Sim, Moisés. Queria me aconselhar com você.

— Comigo, Todo-poderoso? Não sou digno de lhe dar conselhos, Pai.

— Moisés, deixa de frescura. A gente já se conhece há milênios.

— Perdoe-me, Deus. Como posso ajudá-lo?

— Tô muito preocupado com a Terra. Aquilo ali tá fora de controle. Nem Eu dou conta mais.

— É verdade, Senhor. Tenho acompanhado a transformação do planeta no "Mundo Visto de Cima". O Senhor já assistiu?

— Não preciso de TV para saber o que acontece no universo, Moisés.

— Claro, Senhor. Perdão. O que pretende fazer?

— Tô pensando em mandar uma nova praga. Você tava lá quando fiz isso pela primeira vez e deu certo. O que acha da ideia?

— Deus do céu!

— Sim?

— Ah, desculpe. Força de expressão. Quis dizer que acho a medida extrema. Tem certeza, Senhor?

— Não vejo outra saída, Moisés. Preciso dar um jeito de parar com as guerras, a poluição, o desmatamento, as raves de baile funk...

— Alguma coisa que obrigasse as pessoas a ficarem em casa?

— Sim.

— O que acha de gafanhotos?

— Poderia afetar todas as plantações. Não quero matar a humanidade de fome. É mais pra dar um susto, sabe?

— Entendi. Então acho que tem que ser alguma doença contagiosa mesmo.

— Ah, sempre a mesma coisa. Não tem nada mais moderno não?

— Não sou muito ligado em tecnologia, Senhor. Quer que eu chame o Steve Jobs?

— Não, deixa. Vírus de computador teria efeito contrário. Vamos de pandemia, mais uma vez.

— Boa decisão, Senhor.

— Minha dúvida é se vai dar resultado.

— Como assim?

— Lembra o que tinha de gente chamando a Gripe Espanhola de resfriadinho, de guerra biológica, de cerceamento às liberdades?

— Como me lembro. Morriam milhões e as pessoas continuavam dizendo que tudo não passava de uma farsa.

— Meu medo é esse.

— Mas hoje a humanidade é bem mais instruída, Senhor. A ciência não é mais questionada.

— Você é um humanista, Moisés.

— Obrigado, Senhor.

— Não foi um elogio.

— Bem… o Senhor vai começar por onde?

— Algum país bem populoso, pra espalhar rápido.

— Que tal o Brasil?

— Ah, não. Tem que ser o mais distante possível do Brasil.

— Bem que eles dizem que o Senhor é brasileiro.

— Brasileiro? Não, Moisés. É que mando pragas pra lá já faz muito tempo.

— Ué, e por que está tão preocupado agora?

— É que em 2018 eu errei a mão…

Despertar amargo

Despertar amargo

— Adamastor, meu querido. É um milagre! Você está bem, graças a Deus!

— Madalena, o que aconteceu?

— Você não se lembra de nada, Adamastor?

— A última coisa de que me lembro foi ter votado no segundo turno da eleição.

— Isso. Nós sofremos um acidente na volta pra casa, Adamastor. Você estava em coma há dois anos e meio.

— Não é possível.

— Sim, meu amor. Mas eu sabia que você acordaria, mais cedo ou mais tarde.

— Madalena, quanta coisa eu devo ter perdido. Me conta tudo. Onde está o Júnior?

— Tá em casa. Ele vem aqui depois. Você ainda não pode se emocionar demais.

— E meus pais? E a empresa?

— Enfermeira, será que não tá na hora de dar um calmante pra ele?

— Não quero calmante nenhum. Me fala, pelo amor de Deus!

— Tá tudo certo. Com seus pais, a empresa, com tudo. Juro.

— Ah, que bom.

— Agora descansa, tá?

— Madalena, só me responde uma coisa. O mito ganhou a eleição, não ganhou?

— ...

— Que olhar é esse, Madalena? Não me diga que foi o Haddad.

— Bem, o que houv...

— Ah, não é possível. O país deve estar um caos. Quanto está o dólar?

— Quase seis reais, mas...

— Eu sabia. Eu avisei. São ladrões e incompetentes. Sempre foram.

— Adamastor, na verdade o...

— Aposto que o Centrão controla o governo, né?

— Controla, acontece que...

— Tá vendo? Bolsonaro ia acabar com tudo isso. Com certeza a eleição foi fraudada. Eu avisei sobre as urnas eletrônicas.

— Você precisa se acalmar...

— Acalmar? Como? Quero saber de tudo. Como ficou o último PIB?

— Recessão de quatro por cento, mas você tem que entend...

— Pior que a Dilma? Estamos no fundo do fundo do poço.

— Enfermeira, o calmante, por favor.

— Já falei que não vou tomar calmante nenhum. Privatização de estatais, esquece, né?

— Até agora, nada. Até criaram outras.

— Conheço a corja. A tendência é piorar.

— É o que parece, infelizmente. Mas voc...

— Não mente pra mim, Madalena. A essa altura o Lula tá livre e o Moro virou bandido, não é?

— Como você sabe?

— Jesus! Agora é que essa gente não sai do poder nunca mais. A corrupção venceu.

— Adamastor, se acalme...

— E o Bolsonaro nisso tudo, Madalena? Ele está liderando a oposição, não está? Me diga que ele está lutando por nós.

— Enfermeira, o calmante!

Operação Lacoste

Operação Lacoste

— Atenção, Pequim. Implantação em andamento.

— Prossiga.

— Chip inserido. Protocolo de instalação de software iniciado.

— Informe o número de série.

— Inteligência artificial 1B743M-BR-BH a postos.

— Recebimento de dados com baixa velocidade, BH. Consegue melhorar?

— 5G indisponível, Pequim.

— Estamos cuidando disso. Rastreamento do DNA autorizado.

— Stand by.

— BH, expressões em inglês não serão toleradas.

— Ok. Influência de Oxford removida. Hospedeiro do sexo masculino, cinquenta e quatro anos, boa saúde… mas já esteve em melhor forma.

— Ascendência?

— Tem de tudo: indígena, africana, asiática e europeia (ou argentina, que é a mesma coisa).

— Características físicas?

— Pele branca, olhos castanhos, cabelos grisalhos, altura 1,82… mas não tarda a encolher.

— Sem brincadeiras, BH. Orientação sexual?

— Hétero… Sean Connery morreu mesmo, não é?

— Esse não conta. Postura diante da pandemia?

— Cuidadoso, mas sem neuras.

— Não desconfia que fabricamos o vírus só pra derrubar o presidente dele?

— Não. Mas vive nos culpando pela falta de transparência.

— E quanto às restrições?

— Acha que máscara protege, que isolamento reduz o contágio, que álcool em gel ajuda, que vacina funciona, todas essas bobagens. Ah, e nunca chamou os governadores e prefeitos que cooptamos de comunistas.

— É o perfeito alienado.

— Sim. Veio até vestido de verde. Louco pra virar jacaré. Esse vai ser moleza.

— Chegou a ser infectado?

— Até agora, não.

— Mesmo trabalhando fora? Certamente toma cloroquina toda semana.

— Não há registros da substância no organismo.

— Pura sorte, então. Posicionamento no espectro político?

— Entre liberal e social-democrata.

— Liberal estilo Bolsonaro?

— Entendi que brincadeiras não seriam mais aceitas.

— Desculpe. Vamos ao que interessa. Instalação do programa "Lula 2022" autorizada. Tem que ser no primeiro turno.

— Pequim?

— Diga, BH.

— *We have a problem...*

Um país elitizado

Um youtuber que ficou milionário aos oito anos. Uma influencer fitness que recebe rios de dinheiro dos fabricantes dos produtos divulgados em seu *Instagram*. Um *coach* de vida que desafia seus inúmeros seguidores a acordar de madrugada para se diferenciar de seus pares. Um adulto que passa os dias jogando dardos, cartas e bolas de pingue-pongue em alvos móveis mirabolantes. Vídeos como esses se multiplicam nas telas dos celulares pelo país afora.

Josilene não chega em casa antes das nove da noite. Vai à geladeira, pega um pedaço do pão da véspera, abre o pote de manteiga, e torce para que tenha sobrado um pouco de leite. Alimenta-se ali mesmo, em pé, como se lhe coubesse a opção de sentar-se à mesa. O pão não basta à fome, mas é o bastante para animá-la a abrir a porta do quarto. Luan, o filho mais velho, a recebe com a arrogância dos adolescentes e mal tira os olhos do celular. Cauã, o mais novo, dorme encolhido no canto da cama que divide com a mãe. Exausta, ela adormece rapidamente enquanto finge não notar o olhar de desaprovação iluminado pelo brilho da tela. Dali a poucas horas, Josilene vai se levantar, tomar um banho rápido, e caminhar muitas quadras no escuro até o primeiro dos muitos pontos de ônibus do dia.

O entrevistado do jornal da manhã é um conhecido homem de negócios. Suas empresas têm faturamentos expressivos desde que foram fundadas por seu avô. Como neto mais velho, foi o primeiro a estudar no exterior, onde acabou se formando. Quando jovem, chegou a sonhar em ser fisioterapeuta, mas a tradição empresarial da família se impôs. Para auxiliá-lo na tarefa de comandar o império herdado, ele não abre mão de assessores que conhecem a fundo o dia a dia das empresas. Dá mais entrevistas do que opiniões, e assim encontrou o equilíbrio para viver relativamente em paz consigo mesmo. Sua maior preocupação atual é com a filha e sua irritante tendência de se relacionar com quem não tem nem berço nem futuro.

Rodney nasceu em uma família com poucos recursos. Como feirantes, seus pais trataram de garantir ao filho tempo suficiente para se dedicar aos estudos. O esforço da família rendeu frutos. Rodney desenvolveu um método de aprendizado que o fez ser aprovado na universidade mais disputada da época. Professor nato, fundou uma pequena escola que, poucos anos depois, tornou-se um dos maiores conglomerados de ensino do país. Hoje, Rodney participa de inúmeros projetos sociais em prol da educação em favelas e comunidades carentes de sua cidade natal.

Pobres de nós que nos deixamos inspirar pelo conceito contemporâneo de meritocracia. Pobres de nós que — muitas vezes, sem perceber — julgamos fracos os milhões de anônimos que não conseguiram romper os grilhões que os impediam de dar o primeiro passo. Pobres de nós que nos permitimos acreditar que os raros exemplos de ascensão social podem ser divulgados como receitas de um sucesso acessível a todos. Pobres de nós que valorizamos apenas os que pertencem a uma elite que aparenta ignorar a limitação intelectual de seus membros cativos, que incentiva os Luans a terem vergonha de suas mães; que equipara os méritos dos atiradores de bolinhas aos dos Rodneys que melhoram o mundo à sua volta; que jamais permitiria que as Josilenes da vida fossem reverenciadas pela fé, pela força e pela coragem com as quais se armam para sobreviver.

Quão pobres somos nós?

Via Sacra

"Amedrontadas, as mulheres baixaram o rosto para o chão, e os homens lhes disseram: 'Por que vocês estão procurando entre os mortos aquele que vive? Ele não está aqui! Ressuscitou! Lembrem-se do que ele disse, quando ainda estava com vocês na Galileia: 'É necessário que o Filho do homem seja entregue nas mãos de homens pecadores, seja crucificado e ressuscite no terceiro dia' Então se lembraram das palavras de Jesus." (Lucas 24:5-8).

As Semanas Santas da minha infância foram passadas no sítio do meu padrinho. Nossas confraternizações seguiam ritos tão ou mais sagrados que os praticados na igreja. As quintas-feiras começavam com a recepção das diversas famílias, abastecimento das geladeiras e definição dos quartos. Prosseguiam com o desfile de colchões ao sol, para as crianças que se amontoariam na sala, e terminavam na ceia — que de santa nada tinha —, sempre regada a cerveja, refrigerante e piadas que fariam os apóstolos corarem antes do primeiro gole de vinho.

As sextas-feiras eram dedicadas à produção do capelete que seria consumido no domingo. Uma verdadeira linha de produção se formava e os responsáveis por cada etapa se repetiam. Preparação, sova e abertura da massa eram tarefas masculinas. Tempero, molhos e recheios cabiam às mulheres. A montagem acabava com o sexismo e contava com a participação valiosa das crianças, especialistas em criar formas diferentes na massa para depois tentar localizá-las nos panelões.

Os sábados começavam com a malhação do Judas. O boneco em tamanho natural tinha sido finalizado na véspera, incumbência das avós costureiras (exceção feita àquelas que tinham alergia à palha que servia de enchimento). A grande fogueira era precedida da abertura do testamento de Judas, sempre escrito e lido pelo meu pai. As trinta moedas de prata não faziam parte do inventário. Características, peças de roupa e até partes do corpo do traidor eram os bens cobiçados. O fígado, por exemplo, era destinado aos bêbados, os pulmões, aos fumantes, os olhos, aos míopes, e as tias solteiras ficavam com o... bom, vocês captaram a ideia.

Os domingos, claro, eram os dias mais aguardados. Levantávamo-nos cedo, ansiosos pela caça aos ovos de Páscoa. Passávamos a manhã correndo de uma ponta a outra do sítio, seguindo pistas que levavam a mais pistas. No final, os ovos estavam sempre bem perto da casa. Lembro-me até hoje do acréscimo de estima que sentia ao ser capaz de desvendar enigmas tão complexos. O delicioso capelete, servido em duas versões — caldo e bolonhesa —, tinha o gosto amargo da despedida. Ao entrar no carro, começava a contagem regressiva para a Páscoa seguinte.

As Semanas Santas da minha infância nunca tiveram missas, jejuns ou penitências. Mesmo assim, jamais foram pagãs. Uma oração era ouvida a cada brinde. O perdão se esgueirava por entre sorrisos e abraços. As gargalhadas emitiam agradecimentos à vida. O preparo do nosso pão de domingo era pura comunhão.

Cresci e acabei me acostumando às imagens de luto postadas nas Sextas-feiras da Paixão. Homenagens ao calvário de Cristo, o Filho de Deus que morreu por nós e ressuscitou no terceiro dia. Reflexões pesadas, doídas, sem a leveza que meus olhos infantis testemunharam.

A cada Páscoa, mais mensagens de aflição e dor são compartilhadas. Poucas, entretanto, falam de Cristo. São reflexos das dificuldades, dos conflitos, da desesperança, da radicalização, da injustiça e da sensação de impotência que assola boa parte da humanidade. A cada Páscoa, mais pessoas são obrigadas a fugir de suas casas em busca de alento, de dignidade, de paz.

Vão e anunciem que a esperança há de renascer, como Fênix, de suas próprias cinzas. Renascer, contra todas as probabilidades, aniquilada que fora. Renascer, apesar da escuridão que domina boa parte do mundo. Apesar dos olhos fechados diante de um sol que insiste em brilhar. Apesar da miopia que distorce as análises e da vilania que a estimula. Apesar de nossos olhos de criança terem adormecido.

Que a ressurreição comece na palavra.

Preferências

Preferências

Gosto dos conservadores. Mas daqueles conservadores que não precisam bater no peito com orgulho ao assim se definirem. Daqueles que não se autonomeiam "pessoas de bem", porque o bem está no caráter, na lisura, na humildade, e não na forma como alguém se posiciona diante dos mais diversos costumes. Daqueles que respeitam a opinião alheia e, pelo menos, esforçam-se para entender os contextos que levam o outro a pensar de forma diferente. Daqueles que defendem seus valores sem buscar impô-los a toda a sociedade. Daqueles que não são hipócritas a ponto de pedir a condenação de um viciado depois de se drogarem na festa do fim de semana, ou de se revoltarem contra uma mulher que escolheu não levar adiante sua gestação depois de pagarem pelo aborto da empregada que o filho adolescente engravidou. Daqueles que consideram a família uma espécie de célula-tronco, capaz de — se bem cuidada — ajudar a criar uma comunidade mais justa e fraternal.

Gosto dos progressistas. Mas daqueles progressistas que não precisam bater no peito com orgulho ao assim se apresentarem. Daqueles que não se consideram "fonte de todas as virtudes", porque as verdadeiras virtudes são o caráter, a lisura, a humildade, e não a forma como alguém se posiciona diante dos mais diversos costumes. Daqueles que respeitam a opinião alheia e, pelo menos, esforçam-se para entender os contextos que levam o outro a pensar de forma diferente. Daqueles que defendem seus valores sem buscar impô-los a toda a sociedade. Daqueles que não são hipócritas a ponto de amaldiçoar os privilégios apenas até que os alcancem, ou de se engajar em uma causa coletiva somente em busca de projeção individual. Daqueles que consideram a família a célula-tronco do amor, cientes de que o amor não admite regras, dogmas ou preconceitos.

Gosto dos moderados. Mas daqueles moderados que não precisam bater no peito com orgulho ao assim se nomearem. Daqueles que entendem que o equilíbrio que têm como princípio não os impede de se posicionarem diante dos mais diversos dilemas. Daqueles que não se calam diante das injustiças, mesmo que sua índole valorize mais o silêncio do que a palavra. Daqueles que funcionam como contraponto de tolerância em uma sociedade dominada pelo radicalismo. Daqueles que entendem que o diálogo e a diplomacia sempre serão as mais eficientes e poderosas armas com as quais a humanidade pode contar.

Gosto dos radicais. Mas daqueles radicais que não precisam bater no peito com orgulho ao assim se identificarem. Daqueles que são radicalmente contrários a toda forma de violência, de discriminação, de crueldade. Daqueles que sabem que a indignação que têm como princípio não os impede de lançar mão da ponderação e da livre troca de ideias. Daqueles que não se tornam porta-vozes de toda e qualquer questão, mesmo que sua índole valorize mais a palavra do que o silêncio. Daqueles que agem como contraponto de metamorfose em uma sociedade dominada pela acomodação. Daqueles que entendem que o debate em busca do bem comum sempre será a mais eficiente e poderosa arma com a qual a humanidade pode contar.

Gosto dos seres humanos. Ainda…

Crivo

Não sou saudosista. Saudosista é uma espécie de coach do tempo, com tempo de sobra. Quem em sã consciência sente falta de ficha de telefone, blazer com ombreiras, ou do risco de vida que se corria por uma bala *Soft*? Com exceção do jogo do bicho e da linguagem neutra, o mundo evoluiu. Não troco a *Netflix* por uma Sessão da Tarde dublada, muito menos meus reais por um Plano Cruzado II. A impressora colorida não me permite suspirar por nenhuma máquina de datilografia, e o ar-condicionado do meu carro é bem mais eficiente do que a janela aberta do Corcel que me levava para a escola toda manhã. Só tenho saudades de quem o dirigia.

Saudade é contemplar as folhas caídas de um bosque no outono.

As ruas que percorríamos em nosso trajeto diário não são mais as mesmas. Calçamentos transmutaram-se em asfalto, mãos duplas têm agora sentidos obrigatórios, casas e lotes vagos deram lugar a lojas e edifícios. O colégio ainda está lá, até mais bonito, graças a uma reforma feita há pouco. As árvores em frente às janelas das salas de aula também continuam de pé. Lembro-me de olhar para o verde daquelas copas e torcer para que um dia eu fosse menos insignificante do que os insetos que habitavam seus galhos.

Insignificância é um eco que não precisa responder.

O estridente sinal que anunciava a hora de ir para casa soava como o acorde de uma sinfonia. Lembro-me da sensação de alívio aliada ao medo de ser importunado entre as portas da sala e do Corcel. Não sei se andava cabisbaixo por questões de segurança ou por nunca ter aprendido a levantar meus olhos. Quantas vezes escolhi o percurso mais longo apenas para evitar proximidade com quem pudesse me machucar. Possibilidade que — na minha cabeça — estava aberta a todos, a começar dos muitos que sequer me notavam. Mesmo cercado de gente, acostumei-me a caminhar sozinho.

Solidão é soprar as velas sob as palmas do silêncio.

Aos poucos, aprendi a fazer as pazes com quem mais me detestava. Durante vários anos — mesmo após a trégua —, encará-lo no espelho a cada manhã foi sempre a tarefa mais árdua do dia. Daquele semblante eu jamais consegui me esconder. Ali, frente a frente, não havia disfarce capaz de simular qualquer centelha de altivez. Não saberia dizer qual de nós dois sorriu primeiro. Sei, entretanto, que fui eu o primeiro a querer abraçá-lo.

Abraço é um aperto de mão que perdeu a vergonha.

Não sou saudosista. Saudosista é um para-brisa embaçado que se guia pelo retrovisor. Quero viver o presente, ansiar pelo futuro, agradecer ao passado. Procuro não guardar mágoas. Mágoas são como véus finos que, somados, turvam definitivamente a visão. Tampouco me empolgo a cada obstáculo superado. Empolgação não passa de uma alegria sem memórias. Acredito que, de tanto me esforçar, acabei por gostar até das minhas frequentes dúvidas. Também, pudera, dúvida é só um sonho que tem medo de acordar.

Gerúndios

Fecundando

Andava ainda sem rumo quando ele foi gerado. Embora próximo, não me empolguei com a festa. O primeiro filho, sobrinho e neto estava a caminho. Não me sentia parte da família. Pudera, pouco me conhecia, menos ainda me gostava. Camuflava-me antes de enfrentar o espelho, mas o personagem que enxergava ali não me convencia. Chegou a iludir alguns por um tempo. Outros perceberam a farsa e desistiram. Não os culpo. Os mais crédulos apostaram em um potencial que eu mesmo contestava. Ela foi uma das que acreditou. Chegou como um farol, mas — acostumado ao escuro — fechei os olhos. Ela não me queria assim. Não tinha vocação para muleta de covardes. Buscava um companheiro de vida que também apontasse caminhos. Retirou-se para que eu pudesse encontrá-la mais tarde. Eu tinha que me achar primeiro.

Germinando

Não estávamos juntos quando ele nasceu. De longe, fiquei sabendo do seu primeiro choro. Há muito ansiava voltar. Minha busca não terminara. Lembro-me de visitá-lo algumas semanas depois e me apaixonar por aquele olhar. Deitado no berço de um quarto adornado com figuras lúdicas, ele me olhou pela primeira vez. Sorri. Sorri ainda mais quando vi que ela, agora tia, abençoava nossa cumplicidade. Dois sorrisos refletidos depois e, afinal, me sentia em casa. Sua luz me ofuscou novamente, mas agora decidi manter os olhos abertos. Aos poucos, fui me acostumando à claridade e entendi que minha busca jamais terminaria. Cansei de fazê-la sozinho.

Espichando

Ele cresceu rápido. Seus olhos indecisos mudaram de tonalidade diversas vezes, até se fixarem em um tom quase impossível de ser descrito. Nenhuma cartela de cores conseguiria reproduzir aquele cinza azulado que misturava os matizes do céu da manhã com os do cair da tarde. Hoje talvez fosse chamado de "fugacidade visceral" por um desses fabricantes de tinta ou, quem sabe, por algum poeta. Embora não possa descrever a cor, jamais me esqueci da densidade daquele olhar, capaz de enxergar além de qualquer disfarce. Ninguém havia me olhado daquela forma antes. Ninguém havia me visto desnudo, desarmado, descoberto. Adotei aqueles olhos como espelho.

Findando

Ele tinha pouco mais de três anos quando sentiu os primeiros incômodos: rompantes de nervosismo que não se encaixavam na doçura dominante. Coisa de criança, todos pensaram. Não muito depois, as primeiras dores de cabeça surgiram. Os exames revelaram um tumor que crescia há algum tempo por detrás daqueles olhos indecifráveis. Teria sido o brilho intenso a esconder aquela sombra? Ou a minha própria imagem que teimava em refletir? Visitei-o no hospital na noite anterior à cirurgia. Abri a porta do quarto, mas o médico me pediu que aguardasse um pouco antes de entrar. Era tarde. Ele me vira, e — empolgado — gritava meu nome a plenos pulmões. Estava medicado e sem dor, um bálsamo naquela semana. Abraçamo-nos, sorrimos, brincamos. Saí de lá certo de que logo o veria bem. Foi a última vez que vi meu reflexo naquele olhar.

Revelando

A primeira madrugada daquele junho está entre as mais frias de que tenho lembrança. O sol que iluminou a marcha não demonstrou ânimo para aquecer a multidão cabisbaixa. No meio dos olhares de toda aquela gente, percebi que meu espelho se quebrara para sempre. Lembrei-me do sorriso que tinha me ensinado a gostar de mim, e agradeci. Olhei em volta. Ela estava ao meu lado, e nossas lágrimas não eram capazes de disfarçar a serenidade que nos envolvia. De onde viria aquela paz? De mãos dadas, seguimos caminhando, chorando, relembrando os momentos eternos e chegando à conclusão de que a vida é uma sucessão de gerúndios que um dia cessam. Voltei no tempo e ouvi a voz dele balbuciando meu nome pela primeira vez. O nome de verdade daquele eu de cara limpa, desprovido de hipocrisia. O nome pelo qual ele — e somente ele — sempre havia me chamado: Nando. Eu também era gerúndio.

Essência

Essência

Não sei dizer que cheiro eu tinha ao nascer. Refiro-me aos momentos seguintes ao parto, antes de ser banhado pelas gotas de suor e lágrimas que marcaram meu primeiro abraço. Antes de ser contaminado pelas fragrâncias genéricas de Johnson's e Pampers. Antes de começar a envelhecer. Quem poderia descrevê-lo, entretanto, limitou-se a nomeá-lo. Eu tinha cheiro de filho.

Os odores da infância ainda me são caros. Lembro-me dos perfumes de terra batida, de grama orvalhada, de café recém-coado, de gravetos queimando no fogão a lenha, do ovo quente que nunca consegui abrir sem deixar que a gema escorresse. Lembro-me do bálsamo que emanava do mingau de Maizena a borbulhar na panela de barro, dos aromas da torta de abacaxi que findava os almoços de domingo e do capelete à bolonhesa que precedia os ovos de chocolate. Minha infância tinha cheiro de mesa posta.

O calendário trouxe consigo ranços do inverno. O cobertor que costumava me aquecer nas noites frias mal conseguia barrar o Minuano, cada vez mais hábil em encontrar frestas na alma. Meu olfato perdeu-se entre as geadas, e fedor era só o que eu sentia ao abrir a porta que dava para a rua. Fechei a janela em busca dos olores que me aquietavam, mas — àquela altura — a panela de barro jazia no fundo do armário. Minha adolescência tinha cheiro de saudade.

Dizem que não há mau cheiro que dure para sempre. Ou talvez o faro seja apenas reflexo do que cada um é capaz de exalar. Fato é que acabei me apaixonando por novos aromas, alguns tão característicos quanto o perfume de uma rosa, tão nítidos quanto o quase sabor do alecrim, tão singulares quanto o ambiente de uma loja de chás. Outros, bem mais complexos, só eu seria capaz de decifrar: o odor único de uma casa em Londres, a olência de suores e salivas que se misturam madrugada adentro, a fragrância (sim, ela existe) de uma obra concluída. Minha juventude tinha cheiro de descoberta.

Há quem meça o tempo pelos aromas experimentados ao longo dos anos. Meu olfato jamais foi apurado a tal ponto. Além do mais, meu roteiro não teria sido o mesmo sem o auxílio da visão, da audição, do paladar, do tato. Ah, o tato... Mas os cheiros continuam marcantes no meu dia a dia. Alguns são gatilhos para lágrimas — de alegria, tristeza, ausência. Outros são apenas ponteiros a me mostrar que o relógio da vida realmente não para. Há, por fim, os que sempre serão eternos: o *bouquet* de um Brunello repartido em quatro taças, o perfume de um caldeirão de estrogonofe, a efluência de um rio prestes a se encontrar com o mar, o cheiro de filho que — assim como minha mãe — não me atrevo a tentar descrever.

Entre laços

*"Quando a vida enfim me quiser levar pelo tanto que me deu
Sentir-lhe a barba me roçar no derradeiro beijo seu"*

O quarto de hospital — envolto na penumbra de um dia afônico — parecia solidário aos calafrios que me descompassavam. O visor de um dos aparelhos ligados, na cabeceira da cama, tingia o ambiente de ceticismo. Voltei minha atenção para o semblante dela, na busca de alguma centelha que — como grão de fé — pudesse ser confundida com esperança. Seus olhos fechados gemiam. Passeei meus dedos pelos cabelos em desalinho na tentativa de reproduzir o ritmo das carícias que sempre conseguiam me apaziguar. Não era capaz de retribuir o que recebera.

Da porta do quarto, meu pai — com o olhar banhado de incredulidade — também a observava. Não a reconhecia. Sentei-me ao seu lado e — como de praxe — nossas mãos se entrelaçaram. Não sei por quanto tempo permanecemos assim, numa comunhão em que os prantos eram compartilhados como hóstias. Hesitei antes de romper o mais cinza dos silêncios. "Pai, posso te pedir uma coisa?". Ele baixou a fronte, antevendo a súplica que não poderia atender. "Se realmente tiver chegado a hora dela, não vá embora logo em seguida, não. Fica mais um pouco, por favor".

*"E ao sentir, também, sua mão vedar meu olhar dos olhos seus
Ouvir-lhe a voz a me embalar num acalanto de adeus"*

Ansiedade e deslumbramento revezavam-se nas telas líquidas de seus olhos. Depois de meses de sacrifícios, planejamentos e preparativos, ele via o sonho de estudar fora ser concretizado. Lágrimas já haviam sido derramadas. Despedira-se da mãe, do irmão, do ninho que o embalou e protegeu ao longo de seus dezoito anos de vida. Embarquei ao seu lado naquele avião, certo de estar testemunhando o primeiro de muitos voos. Embarquei para auxiliá-lo nos prelúdios de suas descobertas. Embarquei para postergar o instante de dizer adeus.

A semana passou com a urgência de um suspiro. A cada obstáculo superado, ele se mostrava mais confiante. A cada dia vivenciado, um cheiro turvo fustigava minha visão. Fizemos um brinde ao futuro, na noite que antecedeu minha volta. Entramos abraçados na casa em que eu me hospedara. Jurei guardar para sempre os sons daquele toque. Fechei um banho, tomei a mala. Ele já estava deitado quando entrei no quarto. Virou-se para mim, com a voz em gotas: "Papai, eu não quero que você vá embora. Fica mais um pouco, por favor".

"Dorme, meu pai, sem cuidado, dorme que ao entardecer
Seu filho sonha acordado, com o filho que ele quer ter"

Passos no tempo

Houve um tempo em que eu aguardava — ansioso — pela sua chegada. Seu colo era fonte de aconchego, suas mãos eram guias para meus passos trôpegos, nossos sorrisos revelavam a cumplicidade que insistíamos em compartilhar.

Houve um tempo em que seus ombros eram minha melhor brincadeira. Neles, eu me sentia mais alto, mais forte, quase invencível. Muitos dos gols históricos que presenciei foram vistos lá de cima. Foi ali também que aprendi a afagar seus cabelos, ainda livres dos primeiros fios brancos. Afagos que se repetiram pela vida afora.

Houve um tempo em que nossas mãos sobrepostas prometiam amizade eterna; em que suas palavras suscitavam reflexões e questionamentos; em que sua confiança em mim era a única esperança de que um dia eu não mais duvidaria da minha própria capacidade.

Houve um tempo em que o medo de perdê-lo me dominou; em que amaldiçoei a criptonita que machucava o coração do meu herói imbatível; em que sua presença, tão rotineira, transformou-se em bênção a ser celebrada a cada dia.

Houve um tempo em que me emocionei ao vê-lo sentado no chão da minha sala, ensinando outra criança a brincar; em que admirei sua mão voltar a ser esteio de novos e indecisos passos; em que testemunhei — comovido — seus conselhos lhe abrindo caminhos que eu jamais seria capaz de apontar.

Houve um tempo em que nos acostumamos a ouvir juntos o som do silêncio; em que nossas taças teimavam em se encontrar; em que mergulhar nos seus braços era prenúncio de longas conversas noite adentro; em que o amor era tão explícito que nos bastava um olhar.

Houve um tempo em que você não tinha mais forças para retribuir meus abraços; em que entendeu ter dito todas as palavras que eu precisava ouvir; em que o adeus tornou-se inevitável; em que eu jurei fazer tudo que estivesse ao meu alcance para me aproximar da sua grandeza, da sua clarividência, da naturalidade com a qual você tocava os corações das pessoas, do seu dom de ser — tão e simplesmente — inesquecível.

Sei que ainda estou longe de tudo isso, pai. Mas você também me ensinou a não ter pressa, lembra-se? “Um passo de cada vez, filho” — quantas vezes me disse. Pois é assim — a passos bem lentos — que sigo em busca do grande objetivo da minha vida: conseguir me tornar uma fração do ser humano extraordinário que você foi, é, e sempre será.

E hoje, meu pai — por meio destas páginas —, um pequeno novo passo foi dado…

Leia também, da Editora InVerso:

CARTAS PARA THEO

Fernanda Morishita pôs no mundo sua "carta" chamada Theo, a quem endereçou um conjunto de textos nos quais imprimiu seu amor, medo, angústias e aprendizados diários, desenhando um mapa afetivo desta relação tão intensa e breve que se constrói no ato de criar um filho e de se "criar" mãe ou pai. São cartas repletas de uma pureza e simplicidade comoventes, escritas com grande honestidade e coragem. Um dia, Theo as lerá e redescobrirá a mulher que mora em seu baú de afetos, uma pessoa talvez diferente daquela que ele aprendeu a chamar de mãe ao longo da vida. Mas as Cartas para Theo, como toda herança repleta de sentimento e humanidade, fala não apenas de quem escreve e de quem recebe. Antes, fala da ligação arquetípica e ancestral entre pais e filhos – talvez a primeira relação que o Ser Humano cria em sua jornada pela existência e que continua ecoando em cada um de nós com a potência avassaladora de uma verdade universal.

TRILHAS SONORAS:
TEM VIDA QUE DAVA UMA CRÔNICA

Em 2020 a vida me apresentou ao Oren Perlin e à sua escrita. E bastaram os primeiros textos para que eu escrevesse um comentário em forma de desejo: "Espero que um dia seu talento ganhe asas de grande envergadura e voe mundo afora, para além do universo virtual. Os seus textos merecem voar. E o mundo merece conhecê-los". O sonho materializou-se em papel, e as asas de grande envergadura agora estão prontas para voar. Para ser Ícaro Serafim, voo de gaivota, voo livre antes do paraquedas abrir. Asas de quem prefere cair das nuvens que de um terceiro andar; mirada voando ao encontro, partituras voando ao vento. Sorte nossa que teremos a chance de conhecer o seu mundo por meio destas crônicas — é um belo caminho a ser percorrido.